De tout pour les PASSIONNÉS DE HOCKEY 3
Spécial Coupe Stanley

De tout pour les
PASSIONNÉS DE HOCKEY 3

Spécial Coupe Stanley

Eric Zweig

Illustrations de Bill Dickson

Texte français du Groupe Syntagme inc.

À Amanda, qui CONTINUE à préférer le baseball.
— Eric

Références photographiques :

Page couverture : Bruce Bennett/Getty Images Sport/Getty Images
Pages 3, 9 et 39 : Mike Bolt/Temple de la renommée du hockey; page 14 : Mike Dembeck/Temple de la renommée du hockey; page 19 : Craig Campbell/Temple de la renommée du hockey; pages 24 et 67 : Temple de la renommée du hockey; page 74 : Walt Neubrand/Temple de la renommée du hockey; page 76 : O-Pee-Chee/Temple de la renommée du hockey; page 86 : Bill Smith/Ligue nationale de hockey/Getty Images; page 89 : Temple de la renommée du hockey; pages 91 et 92 : Phil Pritchard/Temple de la renommée du hockey; page 105 : Paul Bereswill/Temple de la renommée du hockey

Catalogage avant publication de Bibliothèque et Archives Canada

Zweig, Eric, 1963-
De tout pour les passionnés de hockey 3 : spécial Coupe Stanley / Eric Zweig ; traduction du Groupe Syntagme.

Traduction de: Hockey trivia for kids 3.
ISBN 978-1-4431-0467-8

1. Coupe Stanley--Miscellanées--Ouvrages pour la jeunesse. 2. Ligue nationale de hockey--Miscellanées--Ouvrages pour la jeunesse.
3. Hockey--Miscellanées--Ouvrages pour la jeunesse.
I. Titre. II. Titre: De tout pour les passionnés de hockey trois.

GV847.7.Z9314 2011   j796.962'648   C2011-902464-0

Copyright © Eric Zweig, 2011, pour le texte.
Copyright © Schoalstic Canada Ltd., 2011, pour les illustrations.
Copyright © Éditions Scholastic, 2011, pour le texte français.
Tous droits réservés.

Il est interdit de reproduire, d'enregistrer ou de diffuser, en tout ou en partie, le présent ouvrage par quelque procédé que ce soit, électronique, mécanique, photographique, sonore, magnétique ou autre, sans avoir obtenu au préalable l'autorisation écrite de l'éditeur. Pour la photocopie ou autre moyen de reprographie, on doit obtenir un permis auprès d'Access Copyright, Canadian Copyright Licensing Agency, 1, rue Yonge, bureau 800, Toronto (Ontario) M5E 1E5 (téléphone : 1-800-893-5777).

Édition publiée par les Éditions Scholastic, 604, rue King Ouest,
Toronto (Ontario) M5V 1E1 CANADA.

6 5 4 3 2 1   Imprimé à Singapour 46   11 12 13 14 15

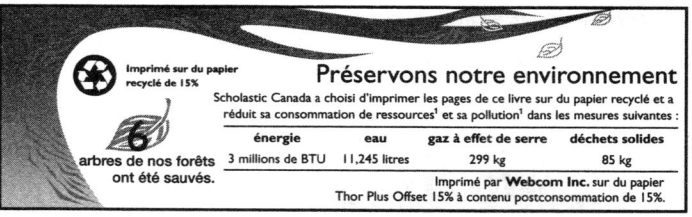

[1] L'estimation des effets sur l'environnement a été faite au moyen du calculateur «Environmental Defense Paper Calculator».

INTRODUCTION

C'est toujours très plaisant d'encourager les équipes canadiennes – les équipes masculines ou féminines aux Jeux olympiques, ou les jeunes au Championnat mondial de hockey junior. Mais au fond, ce qui est encore plus excitant, c'est d'encourager son équipe favorite pendant les finales de la Coupe Stanley!

La Coupe Stanley est le trophée de hockey le plus convoité. Les séries éliminatoires qui mènent à sa conquête sont parmi les plus exigeantes de tous les sports. L'excitation est à son comble, et les Canadiens sont rivés à leur écran de télévision, même si les séries s'étirent jusqu'en juin. À une autre époque, la saison n'était pas si longue. La Coupe Stanley a déjà été remportée en décembre, en janvier, en février, en mars, en avril et en mai.

Au départ, la LNH ne comptait que trois équipes. Aujourd'hui, il y en a 30. Les arénas peuvent accueillir des milliers de partisans qui encouragent leur équipe au son d'une musique tonitruante pendant que des jeux de lumière laser éclairent la patinoire. Les joueurs qui forment les équipes viennent du monde entier. Autrefois, il n'y avait que les jeunes Canadiens qui rêvaient de la Coupe Stanley par les froides soirées d'hiver. Aujourd'hui, tous les enfants, filles ou garçons, qu'ils vivent à San Jose, à Saskatoon, à Stockholm, ou même à Singapour, peuvent rêver de devenir des champions de hockey. Pour les Canadiens, cependant, le hockey occupera toujours une place bien spéciale. J'espère que ce livre t'aidera à comprendre pourquoi.

L'histoire de la Coupe Stanley

La Coupe Stanley... Tout joueur de hockey qui enfile ses patins pour la première fois en rêve. On peut lire l'excitation, la joie et la fierté sur le visage des joueurs de l'équipe gagnante, quand ils font le tour de la patinoire en tenant la coupe à bout de bras ou qu'ils posent pour les photos. C'est un événement vraiment spécial pour les joueurs, et pour les amateurs de hockey aussi.

La Coupe Stanley est le plus ancien trophée remis à des athlètes professionnels en Amérique du Nord. Le hockey tel qu'on le connaît aujourd'hui existait depuis à peine 20 ans quand la Coupe Stanley a été remportée pour la première fois en 1893.

À l'époque, les joueurs n'étaient pas payés pour faire partie d'une équipe. Il n'y avait pas une grande ligue telle que la LNH responsable de la coupe, comme c'est le cas aujourd'hui. Au début, n'importe quelle association amateur importante d'une province canadienne pouvait défier le détenteur de la Coupe Stanley. Il n'y avait donc pas de longues séries. L'équipe qui avait gagné la Coupe Stanley devait relever les défis lancés par des équipes d'autres ligues, un peu comme le font présentement les boxeurs et les combattants extrêmes s'ils veulent conserver leur ceinture et leur titre de champion.

Au départ, deux hommes que l'on appelait les « gardes de la Coupe » s'occupaient de la Coupe Stanley et devaient décider quelles équipes pouvaient lancer un défi aux champions. En 1906, le hockey est devenu un sport professionnel, et la Coupe Stanley a gagné ses lettres de noblesse. Un nouveau trophée, la Coupe Allan, est devenu le trophée remis aux meilleures équipes amateurs. Pendant quelques années, la Coupe Stanley a continué à être remise à l'équipe ayant relevé le défi, mais ces équipes devaient être maintenant les équipes championnes d'une ligue de hockey professionnelle du Canada.

En 1914, il n'y avait plus que deux ligues professionnelles dont les équipes étaient assez bonnes pour s'affronter en vue de remporter la Coupe Stanley : l'Association nationale du hockey et l'Association de hockey de la Côte du Pacifique (PCHA). Peu après, des équipes des États-

Unis ont grossi les rangs de la PCHA. Soudain, la Coupe Stanley n'était plus réservée aux équipes canadiennes. En 1917, la Ligue nationale de hockey a été créée et est devenue la meilleure. Depuis 1927, seules les équipes de la LNH peuvent tenter de remporter la Coupe Stanley.

Une disparition mystérieuse...

La vraie Coupe Stanley à côté de la coupe en Lego

En 2003, on a construit deux répliques de la Coupe Stanley en utilisant 6 000 blocs Lego pour faire la promotion d'une nouvelle gamme de produits Lego dont le thème était la LNH. L'une des coupes a été remise à Gary Bettman, commissaire de la LNH. L'autre était exposée dans le cadre d'un événement sportif à Las Vegas, mais elle a disparu! On a entrepris des recherches pour retrouver la coupe en Lego. Au bout d'un certain temps, un habitant de l'Arizona s'est manifesté : il a raconté que quelqu'un lui avait vendu la coupe pour 50 $ pendant qu'il était à Las Vegas. Il a remis la coupe en Lego et a reçu en remerciement des billets pour un match des Coyotes de Phoenix et des Lego de la LNH.

La coupe en tournée

En 1993, la LNH célébrait le 100e anniversaire de la Coupe Stanley. Les dirigeants de la ligue ont pensé qu'une bonne façon de célébrer serait de laisser chaque joueur de l'équipe gagnante passer une journée entière avec la coupe. Cette idée est devenue très populaire auprès des joueurs et des partisans. Alors, depuis 1995, chaque été, la LNH donne à tous les joueurs et à tous les employés de l'équipe victorieuse une journée spéciale qu'ils peuvent passer avec la Coupe Stanley.

QUESTION DE NOM

On dit parfois que la coupe est celle de « Lord Stanley ». T'es-tu déjà demandé qui était Lord Stanley? Frederick Arthur Stanley, mieux connu sous le nom de Lord Stanley de Preston, a été le gouverneur général du Canada de 1888 à 1893. Le 4 février 1889, Lord Stanley a assisté à son premier match de hockey dans le cadre du carnaval d'hiver de Montréal. Ce soir-là, les Victorias de Montréal et l'Association des athlètes amateurs (AAA) de Montréal s'affrontaient dans un match enlevant, et, comme on peut le lire dans la *Gazette de Montréal* de l'époque, Lord Stanley s'est dit enchanté par le hockey et impressionné par le talent des joueurs. Peu après, trois de ses fils commençaient à jouer pour les Rideau Rebels d'Ottawa. Plus tard, la fille de Lord Stanley, Isobel, devint l'une des premières joueuses de hockey au Canada.

En 1892, Lord Stanley s'est dit que les équipes de tout le pays devraient rivaliser pour un trophée symbolique. Il a acheté une coupe en argent de 18,5 cm de haut, qui lui a coûté 10 guinées, et il a nommé deux gardes responsables du trophée. Depuis, la coupe est un trésor canadien.

LA COUPE EN TOURNÉE

Chris Osgood, le gardien des Red Wings de Detroit, a mangé du maïs soufflé dans la Coupe Stanley quand il a assisté à la première mondiale du film *Le Gourou de l'amour* de Mike Myers en 2008.

Mini-coupes

Chaque joueur qui gagne la Coupe Stanley reçoit une réplique miniature du trophée, qui mesure 33 cm et qu'il peut garder en souvenir. Le nom de l'équipe qui a gagné la coupe cette année-là et celui de tous ses joueurs sont gravés sur cette mini-coupe. On pense que les premières mini-coupes, qui n'étaient pas officielles, ont été fabriquées au début des années 1950. Quelques années plus tard, tous les joueurs en recevaient une.

Combien vaut la coupe?

Le bol en argent acheté par Lord Stanley en 1893 dans une orfèvrerie de Londres, en Angleterre, avait coûté 10 guinées. À l'époque, 10 guinées représentaient un peu plus de 50 $. Tu trouves peut-être que ce n'est pas très cher, mais dans les années 1890, le travailleur canadien moyen ne gagnait pas beaucoup plus que 50 $ par *mois*!

Pour ce qui est du trophée actuel, il est assuré pour une valeur de 75 000 $. Évidemment, pour les joueurs qui le remportent, il n'a pas de prix!

Le savais-tu?

Chris Chelios est le joueur le plus vieux à avoir remporté la Coupe Stanley. En effet, il avait 46 ans en 2008 quand les Red Wings de Detroit se sont emparés de la coupe.

Au commencement…

Le hockey occupe une place bien spéciale dans l'histoire de Montréal, et ce n'est pas étonnant : c'est l'équipe de Montréal qui a été la première à gagner la Coupe Stanley en 1893. Cette année-là, il n'y avait pas eu à proprement parler de défi de la Coupe Stanley. La coupe avait été remise à l'AAA de Montréal tout simplement parce qu'elle avait terminé la saison au premier rang de sa ligue, l'Association de hockey amateur du Canada (AHAC).

La coupe déborde

Le Canadien de Montréal a remporté la Coupe Stanley plus souvent que toute autre équipe de l'histoire du hockey, soit 24 fois! Il l'a remportée pour la première fois en 1916, avant la création de la LNH.

Une visite spatiale

L'été 2004, Jay Feaster, directeur général du Lightning de Tampa Bay, et Jay Preble, directeur des relations publiques de l'équipe, ont apporté la Coupe Stanley au Kennedy Space Center, à Cap Canaveral, en Floride, pour une journée. La coupe a pu visiter la navette *Discovery* qui était en préparation pour son lancement de mars 2005. Elle a eu l'honneur de visiter l'orbiteur de la navette pendant sa construction (mais elle a dû attendre à l'extérieur puisqu'elle ne passait pas dans l'écoutille), l'immense hall d'assemblage des véhicules, et même la plate-forme de lancement. Ensuite, 600 employés de la NASA ont pu voir la Coupe Stanley et s'en approcher.

La Coupe Stanley sur la plateforme de lancement 39 à cap Canaveral, en Floride

EN CHIFFRES

Voici la liste complète des équipes actuelles de la LNH qui ont gagné la Coupe Stanley :

Équipe de la LNH	Conquêtes de la coupe
Canadien de Montréal	24*
Maple Leafs de Toronto	13†
Red Wings de Detroit	11
Bruins de Boston	6
Oilers d'Edmonton	5
Rangers de New York	4
Blackhawks de Chicago	4
Islanders de New York	4
Penguins de Pittsburgh	3
Devils du New Jersey	3
Flyers de Philadelphie	2
Avalanche du Colorado	2

Flames de Calgary	1
Stars de Dallas	1
Lightning de Tampa Bay	1
Hurricanes de la Caroline	1
Ducks d'Anaheim	1

*Inclut la victoire de Montréal en 1916, avant la création de la LNH.

†Les victoires de Toronto incluent la victoire des Arenas en 1918 et celle des St. Pats en 1922, mais pas celle des Blueshirts de Toronto en 1914 avant la création de la LNH.

EN CHIFFRES

Voici les joueurs qui ont gagné le plus souvent la Coupe Stanley :

Joueur et équipe	Coupes
Henri Richard, Canadien de Montréal	11
Jean Béliveau, Canadien de Montréal	10
Yvan Cournoyer, Canadien de Montréal	10
Claude Provost, Canadien de Montréal	9
Maurice Richard, Canadien de Montréal	8
Red Kelly, Red Wings de Detroit (4) et Maple Leafs de Toronto (4)	8
Jacques Lemaire, Canadien de Montréal	8
Serge Savard, Canadien de Montréal	8
Jean-Guy Talbot, Canadien de Montréal	7

Une erreur de calcul

À l'automne 2010, la ville de Cornwall, en Ontario, rendait hommage à un héros local, Newsy Lalonde. Newsy était l'un des plus grands joueurs de hockey il y a presque 100 ans. Il a joué pour le Canadien de Montréal et a mené l'équipe à sa première victoire de la Coupe Stanley en 1916. Henri Richard, une autre grande vedette du Canadien, a pris part aux festivités. À un moment, quelqu'un a demandé à Henri combien il avait de petits-enfants. Tout fier, il a répondu « 11 », et il a commencé à les nommer en comptant sur ses doigts. À deux reprises, il s'est arrêté à 10. Puis en s'esclaffant, il a expliqué son erreur : « En fait, j'ai 10 petits-enfants, pas 11. Je confonds toujours avec le nombre de Coupes Stanley! »

LA COUPE EN TOURNÉE

Sydney Crosby avec la coupe sur un véhicule blindé léger

Le 7 août 2009, Sidney Crosby a eu 22 ans, et c'est avec la Coupe Stanley et les militaires canadiens qu'il a fêté l'événement. Quelques semaines plus tôt, les Penguins de Pittsburgh avaient gagné la coupe, et le matin de l'anniversaire de Crosby, elle est arrivée à l'aéroport d'Halifax. Un hélicoptère Sea King des Forces armées canadiennes a transporté Crosby, son père et la Coupe Stanley jusqu'au port d'Halifax. L'hélicoptère s'est posé sur le pont du *NCSM Preserver*, un navire de la

Marine canadienne. Après avoir été accueillis par les militaires et leurs familles, Crosby et la coupe ont traversé la ville à bord d'un véhicule blindé léger pour se rendre jusqu'à la citadelle d'Halifax. Plus tard, dans sa ville natale de Cole Harbour, tout près d'Halifax, Sidney Crosby a disputé une partie de hockey en patins à roulettes avec ses amis d'enfance. C'est lui qui gardait les buts, et son équipe a remporté la Coupe Stanley!

QUESTION DE NOM

T'es-tu déjà demandé pourquoi l'inscription « Dominion Hockey Challenge Cup » est gravée sur le bol de la Coupe Stanley? C'est parce que Lord Stanley ne voulait pas donner son nom à la coupe. Toutefois, les gardes de la coupe avaient, eux, décidé dès le départ que la coupe porterait le nom de celui qui en avait fait don.

Le savais-tu?

À l'origine, il y avait, à la base de la Coupe Stanley, une étroite bande d'argent sur laquelle on pouvait graver le nom de l'équipe gagnante. Comme on ajoutait chaque année le nom de l'équipe gagnante, il a fallu agrandir la Coupe Stanley.

La hauteur de la coupe

Au départ, la Coupe Stanley mesurait 18,5 cm de haut et 29 cm de diamètre. Le bol qui orne le trophée actuel a exactement la même taille qu'avant. Avec sa base, la coupe faisait 29 cm de haut.

Aujourd'hui, la Coupe Stanley mesure presque un mètre (89,5 cm) de haut. Elle pèse 15,5 kg. C'est plutôt lourd, mais ça n'empêche pas les joueurs gagnants de la porter à bout de bras pour la montrer fièrement!

Mini-Cougars

On raconte que suite à la victoire des Cougars de Victoria, en 1925, Lester Patrick aurait rangé la Coupe Stanley dans son sous-sol. Puis ses fils, Lynn et Muzz, l'ont trouvée et y ont gravé leurs noms avec un clou. Quinze ans plus tard, en 1940, leurs noms ont été gravés officiellement sur la coupe, alors qu'ils étaient devenus des vedettes de la LNH et qu'ils jouaient avec les Rangers de New York.

LA COUPE EN TOURNÉE

Lors de la tournée de la Coupe Stanley en été 2008, Brad Stuart des Red Wings de Detroit a fait faire un gâteau spécial en forme de Coupe Stanley. Sa belle-fille, âgée de 13 ans, a insisté pour manger sa part directement dans la coupe!

QUESTION DE NOM

Les Wanderers de Montréal ont été la première équipe à faire inscrire officiellement le nom de tous les joueurs sur la Coupe Stanley. C'était en 1907, et à l'époque, bien des gens s'y étaient opposés. Pourtant, quelques années plus tard, c'était devenu une tradition importante pour les vainqueurs de la Coupe Stanley.

Poussée de croissance

Déjà, en 1902, il n'y avait plus de place pour écrire le nom des équipes gagnantes sur le premier anneau à la base de la Coupe Stanley d'origine. Pendant quelques années, les équipes ont inscrit leur nom directement sur la coupe. Certaines d'entre elles sont même allées jusqu'à l'inscrire dans le bol. Finalement, en 1909, on a décidé d'ajouter un autre étage en argent à la coupe, ce qui a permis d'inscrire plus de noms.

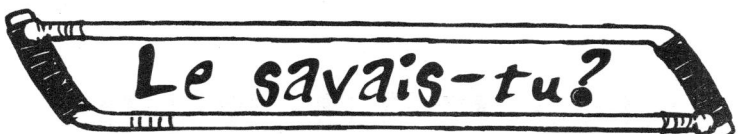

Le savais-tu?

Le bol d'origine de la Coupe Stanley est exposé au Temple de la renommée du hockey à Toronto.

À bout de bras

En 1950, les Red Wings de Detroit ont remporté la Coupe Stanley grâce à une victoire contre les Rangers de New York. Ted Lindsay s'est alors emparé de la coupe et a paradé tout autour de la patinoire, ce qui est devenu une tradition qui se perpétue encore aujourd'hui. Toutefois, Lindsay n'a peut-être pas été le premier à le faire. On peut lire, dans de vieux articles de journaux, que Lou Trudel avait fait le tour de la patinoire avec la coupe après la victoire des Black Hawks de Chicago en 1934.

Question d'argent

De nos jours, les joueurs de la LNH peuvent gagner des millions de dollars par saison. Cependant, quand les séries éliminatoires commencent, ils ne reçoivent plus leur chèque de paie habituel. On dit souvent que, en série éliminatoire, « les joueurs jouent seulement pour l'honneur ». Ce n'est pas tout à fait vrai. Selon la convention collective de la LNH, un montant de 6,5 millions de dollars est mis de côté pour les joueurs des équipes qui se rendent aux éliminatoires. Plus une équipe avance dans les séries, plus ses joueurs gagnent de gros montants. L'équipe qui remporte la Coupe Stanley reçoit à la fin des séries une prime de 1 875 000 dollars que les joueurs se partagent.

LES CHRONIQUES DE LA COUPE

En 1895, une équipe de l'Université Queen's à Kingston, en Ontario, a été la première à lancer un défi aux champions de la Coupe Stanley. Elle a joué un seul match contre l'AAA de Montréal et a perdu 5 à 1. L'équipe de Queen's a aussi tenté de gagner la coupe en 1899 et en 1906, sans succès.

Une autre poussée de croissance

En 1924, le Canadien de Montréal a ajouté un étage à la coupe et y a inscrit non seulement le nom de tous les joueurs, mais aussi celui des entraîneurs et des membres de l'équipe de direction. Par la suite, toutes les équipes qui ont remporté la Coupe Stanley ont aussi fait inscrire le nom des entraîneurs et des dirigeants. De 1924 à 1947, il a fallu ajouter un nouvel étage à la coupe à peu près chaque année. En 1947, la coupe mesurait près de un mètre, mais sa base avait un diamètre d'une dizaine de centimètres seulement. À l'époque, les gens comparaient souvent la Coupe Stanley à une patte d'éléphant, à un cigare ou à un tuyau de poêle.

La Coupe « cigare »

QUESTION DE NOM

Le nom le plus bizarre qui figure sur la Coupe Stanley est peut-être celui des Thistles de Rat Portage. L'équipe a fait graver son nom sur le bol en 1903, même si elle avait *perdu* contre Ottawa cette année-là.

La croissance se poursuit...

En 1948, on a remodelé la Coupe Stanley pour lui donner la forme de « tonneau » qu'on lui connaît aujourd'hui. Depuis 1958, la base de la coupe compte cinq grands anneaux où sont gravés les noms des joueurs. Chaque anneau peut accueillir le nom de 13 équipes championnes et de leurs joueurs.

LA COUPE EN TOURNÉE

Luc Robitaille a passé la plus grande partie de sa carrière dans la LNH à jouer pour les Kings de Los Angeles. Quand il a finalement remporté la Coupe Stanley, en 2002, il jouait pour les Red Wings de Detroit. Il a donc décidé de passer sa journée avec le trophée à Los Angeles. Il a loué un autobus, y a fait monter sa famille et ses amis, et ils sont partis, avec la coupe, faire le tour de la ville. Il a notamment apporté la coupe jusqu'aux célèbres lettres « HOLLYWOOD » qui ornent les collines de la ville.

La coupe a aussi flirté de près avec les célébrités. En effet, à l'été 2008, Chris Chelios de Detroit a apporté la Coupe Stanley à sa résidence secondaire, à Malibu, en Californie. Il l'apportait aux fêtes de plage organisées par des célébrités. Ainsi, le musicien Kid Rock, la vedette de la télévision Jeremy Piven de même que l'acteur Cuba Gooding Jr. ont pu voir la coupe.

La rumeur s'est alors répandue, et Tom Hanks et Sylvester Stallone sont tous les deux venus faire un tour à la fête pour voir la Coupe Stanley de plus près.

Armures et cercueils...

En 1899, l'équipe de l'Université Queen's a défié les Shamrocks de Montréal pour l'obtention de la Coupe Stanley. Déjà, à l'époque, le hockey était un jeu rude. Un journal de Québec avait écrit que l'équipe de l'Université devrait peut-être se préparer à toute éventualité et commander des armures et quelques cercueils pour parer à toute éventualité.

Guy, est-ce qu'il l'a?

Avant que tous les membres de l'équipe gagnante puissent passer une journée avec la Coupe Stanley, les joueurs voyaient très peu le trophée. Au début, la Coupe Stanley était souvent exposée dans la vitrine d'un magasin pendant quelques jours dans la ville qui l'avait remportée. Par la suite, il y avait habituellement quelques fêtes d'équipe où la Coupe Stanley était apportée, mais elle était le plus souvent gardée hors de vue. Souvent, quand on entend des histoires extraordinaires au sujet de la Coupe Stanley, il est difficile de savoir si elles sont vraies ou fausses.

Une histoire célèbre circule à propos de Guy Lafleur, du Canadien de Montréal, qui aurait « emprunté » la Coupe Stanley pour une journée, en 1978.

Après le défilé de la victoire de la Coupe Stanley des Canadiens, un administrateur du club de Montréal a mis le trophée dans le coffre de sa voiture pour qu'il soit en sécurité. On ne sait trop comment, mais Guy Lafleur est allé chercher la coupe et est parti avec elle. Le lendemain matin, il a appelé son père dans sa ville natale de Thurso, au Québec, et lui a dit de jeter un coup d'œil devant sa maison. La Coupe Stanley était là, resplendissante dans le soleil matinal!

Après l'aventure de la Coupe Stanley avec Guy Lafleur, les joueurs de l'équipe gagnante ont eu le droit de passer un peu de temps en tête à tête avec le trophée.

Un bâton dans les roues!

En 1993, pendant les finales de la Coupe Stanley, les Kings de Los Angeles ont remporté la première partie contre le Canadien de Montréal. À la fin de la troisième période de la deuxième partie, les Kings menaient 2 à 1. Le soigneur du Canadien, Gaétan Lefebvre, a signalé à l'entraîneur Jacques Demers que le défenseur Marty McSorley utilisait un bâton illégal. Jacques Demers a décidé de demander que l'on mesure le bâton. Si Lefebvre se trompait, Montréal écoperait d'une pénalité de retard de jeu... mais il avait raison, et c'est McSorley qui a dû se rendre au banc des pénalités. Le Canadien a compté le but égalisateur pendant l'avantage numérique et a remporté la partie en prolongation. Par la suite, le Canadien n'a perdu aucun autre match et a remporté la Coupe Stanley en cinq matchs.

LES CHRONIQUES DE LA COUPE

Après avoir perdu en 1903 et en 1905, les Thistles de Rat Portage ont finalement remporté la Coupe Stanley en 1907. Entretemps, leur petite ville du nord-ouest de l'Ontario avait changé de nom : elle était devenue la ville de Kenora. Avec sa population d'environ 6 000 habitants, c'est, de loin, la plus petite ville à avoir remporté le championnat de la Coupe Stanley.

C'est contre les Wanderers de Montréal que jouait l'équipe de Kenora quand elle a remporté la coupe en janvier 1907. En mars suivant, les Wanderers demandèrent un match revanche. Pendant les négociations entourant l'organisation de ce match, un représentant de l'équipe de Kenora s'est mis en colère et a menacé de lancer la Coupe Stanley dans le lac des Bois, situé près de Kenora. Heureusement, on a réussi à lui faire entendre raison, et la coupe a été sauvée, mais les Thistles l'ont perdue au profit des

Wanderers. Les Thistles demeurent, à ce jour, l'équipe dont le règne à titre de champion de la Coupe Stanley a été le plus court.

Le monde merveilleux de Disney

À peine quelques jours après la victoire de Tampa Bay en 2004, le capitaine du Lightning, Dave Andreychuk, et sa famille ont emporté la Coupe Stanley à Disney World, situé tout près. Les personnages de Mickey Mouse, de Minnie Mouse, de Pluto et de Dingo (vêtu d'un uniforme de hockey) se sont tous joints à la famille Andreychuk et à la Coupe Stanley pour un défilé le long de Main Street, USA.

Batman

La troisième partie des séries de la Coupe Stanley en 1975, qui opposait les Sabres de Buffalo aux Flyers de Philadelphie, a été une partie bien étrange. Il faisait exceptionnellement chaud pour un 20 mai à Buffalo, ce qui a créé du brouillard sur la glace. À certains moments, le brouillard était si épais qu'il a fallu interrompre la partie. Les joueurs patinaient en cercle sur la glace pour essayer de dissiper le brouillard, mais ça ne fonctionnait pas vraiment. Les gardiens avaient de la difficulté à voir la rondelle.

Un peu avant que le brouillard apparaisse, on avait vu une chauve-souris voler et faire des piqués au-dessus de la patinoire. Jim Lorentz des Sabres de Buffalo l'avait frappée avec son bâton et l'avait tuée. La chauve-souris avait peut-être pris sa revanche en envoyant le brouillard! Pour les partisans des Sabres, c'était certainement de mauvais augure. En effet, même si l'équipe de Buffalo a remporté la partie ce soir-là, elle a perdu les séries en six matchs.

Un, deux, trois

Au tout début de l'histoire du hockey, il n'y avait pas de séries éliminatoires. Les équipes qui terminaient au premier rang du classement devenaient les championnes de leur ligue. On organisait des séries éliminatoires seulement s'il y avait égalité au premier rang entre plusieurs équipes. À l'époque, les séries permettant de gagner la Coupe Stanley ne ressemblaient pas aux séries éliminatoires que nous connaissons aujourd'hui. Elles pouvaient avoir lieu n'importe quand: avant, après, et même pendant la saison. Seule condition : il devait faire assez froid pour qu'il y ait de la glace. Parfois, les équipes ne jouaient qu'une seule partie, et le gagnant remportait la Coupe Stanley. Bien souvent, on organisait une série deux de trois. Parfois même, on organisait des séries de deux parties, et on additionnait le nombre total de buts pour désigner l'équipe gagnante.

Le savais-tu?

La rudesse n'est pas toujours indispensable… L'équipe des Ducks d'Anaheim était celle qui cumulait le plus de minutes de pénalité en saison régulière en 2007, ce qui ne l'a pas empêchée de remporter la Coupe Stanley cette année-là. Un an plus tard, c'était l'équipe des Red Wings de Detroit qui remportait la coupe – celle qui cumulait le moins de minutes de pénalité dans la LNH!

Il manque de place!

Quand la Coupe Stanley a été remodelée en 1958, on croyait que les cinq gros anneaux qui formaient sa base ne seraient remplis qu'à la saison 1991-1992, année où la coupe fêterait son 100e anniversaire. Malheureusement, les noms des membres du club de hockey Canadien, qui a gagné la coupe en 1964-1965, ont pris trop de place. On a donc manqué de place sur la coupe en 1991. Les représentants de la LNH et du Temple de la renommée du hockey ont beaucoup réfléchi à ce qu'ils allaient faire quand il n'y aurait plus de place sur la coupe. Fallait-il ajouter un autre anneau, ce qui aurait fait grandir la coupe encore plus, ou fallait-il créer une toute nouvelle Coupe Stanley?

L'idée d'une nouvelle Coupe Stanley ne plaisait à personne, mais d'un autre côté la LNH ne voulait pas en changer la forme ni la taille. Après tout, des partisans de partout dans le monde connaissaient la coupe sous sa forme actuelle. La façon la plus simple de procéder était donc de retirer le premier anneau qui se trouvait tout en haut (sur lequel sont inscrits les noms des gagnants de la coupe de 1928 à 1940) et de l'exposer au Temple de la renommée du hockey. Il ne restait plus qu'à déplacer les quatre autres anneaux vers le haut et à ajouter un cinquième anneau à la base. Quand cet anneau a été rempli après la victoire de Tampa Bay en 2004, on a retiré l'anneau du haut (de 1941 à 1953), et on a encore ajouté un nouvel anneau à la base. Celui-ci sera rempli en 2017, et on procédera alors de la même façon.

QUESTION DE NOM

Au fil des ans, il y a eu de nombreuses erreurs (certaines ayant été corrigées) dans les noms gravés sur la Coupe Stanley. Voici quelques-unes des erreurs les plus bizarres :

1941-1942 : Maple Leafs de Toronto
Le nom du gardien des Maple Leafs apparaît deux fois sur la coupe : TURK BRODA et WALTER BRODA qui est son vrai nom.

1953, 1956-1960 : Canadien de Montréal
Dickie Moore a gagné la Coupe Stanley six fois, et son nom est écrit de cinq façons différentes : DICKIE MOORE, D MOORE, RICH MOORE, RICHARD MOORE (son véritable prénom) et R MOORE.

1956-1960 : Canadien de Montréal
Le Canadien a gagné la Coupe Stanley cinq années de suite, et le nom de Jacques Plante est écrit de quatre façons distinctes : J PLANTE, JACQUES PLANTE, JAC PLANTE et JACQ PLANTE.

1962-1963 : Maple Leafs de Toronto
Il y a une faute dans le nom de l'équipe : c'est écrit TORONTO MAPLE LEAES.

1971-1972 : Bruins de Boston
Il y a des erreurs dans le nom de la ville, c'est écrit BQSTQN BRUINS.

1976-1977 : Canadien de Montréal
Pour désigner Bob Gainey, on a écrit ROBERT (son vrai nom), et il manque un E dans son nom de famille : GAINY.

1980-1981 : Islanders de New York
Il y a une faute dans le nom de l'équipe : NEW YORK ILANDERS.

1983-1984 : Oilers d'Edmonton
Le propriétaire des Oilers, Peter Pocklington, avait eu l'idée de faire inscrire le nom de son père sur la Coupe Stanley à côté du sien, même si son père n'avait rien à avoir avec l'équipe. La LNH n'était pas d'accord. À l'endroit où était écrit BASIL POCKLINGTON, des X ont été gravés.

1995-1996 : Avalanche du Colorado
Il y avait une erreur dans le nom d'Adam Deadmarsh, qui était écrit ADAM DEADMARCH. Cette erreur a par la suite été corrigée. C'était la première fois qu'un nom était corrigé sur la Coupe Stanley, mais pas la dernière!

2001-2002 : Red Wings de Detroit
Le nom de MANNY LAGACE a été corrigé pour MANNY LEGACE.

2005-2006 : Canadien de Montréal
Le nom d'ERIC STAAAL a été corrigé pour ERIC STAAL.

2009-2010 : Blackhawks de Chicago
Le nom de KRIS VERTSEEG a été corrigé pour KRIS VERSTEEG.

Des cours de natation?

Quand les Penguins ont gagné la Coupe Stanley pour la première fois en 1991, le capitaine Mario Lemieux a invité tous les joueurs chez lui pour une grande fête. L'ambiance était survoltée et, à un moment donné, quelqu'un a lancé la Coupe Stanley dans la piscine. Elle a rapidement coulé au fond de l'eau. La même chose s'est produite en 1993, quand Patrick Roy a organisé une fête pour ses coéquipiers du Canadien de Montréal. En 2009, quand les Penguins ont de nouveau remporté la coupe, Mario Lemieux, devenu depuis le propriétaire de l'équipe, a encore une fois organisé une fête chez lui, et la Coupe s'est retrouvée dans sa piscine... mais cette fois, elle a flotté! Elle avait peut-être suivi des cours de natation!

En soutien aux soldats

Le hockey a toujours été très important pour les Canadiens, notamment pour les militaires postés à l'étranger. Pendant la Première et la Seconde Guerre mondiale, de nombreux joueurs de hockey canadiens ont abandonné leur équipe pour s'enrôler dans l'armée. Certains d'entre eux y ont même perdu la vie, entre autres Frank McGee, un joueur vedette d'Ottawa, et Scotty Davidson, qui avait remporté la Coupe Stanley avec les Blueshirts de Toronto en 1914.

Au début de la saison 1942-1943, tellement de joueurs de hockey s'étaient engagés dans l'armée pour servir pendant la Seconde Guerre mondiale que la LNH a envisagé de suspendre la saison. Le gouvernement lui a toutefois demandé de maintenir le jeu parce qu'il estimait que c'était bon non seulement pour le moral des troupes, mais aussi pour les personnes qui restaient au pays.

Le hockey est toujours aussi important pour les soldats canadiens en poste à l'étranger. Le 2 mai 2007, la Coupe Stanley est arrivée à Kandahar, en Afghanistan, à bord d'un avion Hercules C-130 des Forces canadiennes. Le lendemain, 17 anciens joueurs de la LNH ont joué une partie de hockey-balle contre des soldats canadiens sur une piste de béton, dans le désert afghan.

La visite de la Coupe Stanley en Afghanistan n'a pas fait des heureux que chez les soldats canadiens. Elle s'est aussi arrêtée dans une base de l'armée américaine située tout près, et des soldats suédois, anglais, slovaques et tchèques, notamment, étaient très excités de pouvoir s'approcher du célèbre trophée. La Coupe Stanley est retournée en Afghanistan pour y passer quatre jours en mars 2008.

La Coupe Stanley avec des soldats canadiens, en Afghanistan

On découpe la coupe

Au fil des ans, il a fallu remplacer à peu près toutes les pièces de la Coupe Stanley. En 1968, on a constaté que le bol original était devenu très fragile; il a donc été remplacé par un nouveau bol en tout point pareil à l'ancien. Il trône au sommet du trophée depuis 1970. D'autres pièces ont aussi dû être remplacées.

Même si certaines de ses pièces ne sont pas d'origine, la Coupe Stanley qui est remise aux équipes sur la glace et qui part en tournée avec les joueurs est tout de même la « vraie » Coupe Stanley. Cette coupe est trimballée un peu partout plus de 300 jours par année : on la présente dans le cadre de campagnes de financement, d'événements dans des hôpitaux, dans des amphithéâtres de la LNH, sur des patinoires de hockey et dans les villes d'origine des joueurs, de même que dans le cadre d'autres événements.

Avant que le Temple de la renommée du hockey ne s'installe à son emplacement actuel en 1993, le présentoir de la coupe restait vide quand celle-ci était en déplacement. On a donc fait construire une réplique de la Coupe Stanley, qui est exposée au Temple de la renommée quand la véritable coupe est ailleurs. Il y a donc, aujourd'hui, trois Coupes Stanley : le bol de la coupe originale, la « vraie » coupe, et la réplique de la coupe.

QUESTION DE NOM

Étant donné que Lord Stanley vivait à Ottawa, le club de hockey de cette ville espérait remporter le nouveau trophée dès sa première année d'existence, en 1893. Malheureusement, il lui a fallu attendre jusqu'en 1903 avant de remporter enfin la Coupe Stanley. Selon ce qu'on raconte, la direction de l'équipe d'Ottawa a remis aux sept joueurs de l'équipe une pépite d'argent à la suite de leur victoire en 1903, et les joueurs ont décidé que leur équipe s'appellerait désormais les « Silver Seven » (les sept argentés). Ce nom n'a pas connu un grand succès à l'époque, mais de nos jours, à peu près tout le monde parle de la dynastie des Silver Seven d'Ottawa.

Une coupe géante?

Si la LNH avait décidé, en 1992, d'ajouter des anneaux à la coupe, la base de celle-ci compterait maintenant sept anneaux au lieu de cinq. Comme chaque anneau mesure 9,5 cm de largeur, la coupe mesurerait environ 19 cm de plus que maintenant et elle continuerait de gagner en hauteur chaque fois qu'on ajouterait un anneau. Que serait-il arrivé si on n'avait pas décidé de redessiner la Coupe Stanley à l'époque où elle ressemblait à un tuyau de poêle? Si la coupe avait continué à grandir comme dans les années 1920, 1930 et 1940, elle mesurerait maintenant près de trois mètres de hauteur... mais elle aurait toujours une base d'une dizaine de centimètres de diamètre!

EN CHIFFRES

Les équipes de la LNH suivantes n'ont pas remporté la Coupe Stanley depuis longtemps :

Équipe	Dernière victoire
Maple Leafs de Toronto	1967
Flyers de Philadelphie	1975
Islanders de New York	1982
Flames de Calgary	1989
Oilers d'Edmonton	1990

Le savais-tu?

Les noms que Phil Bourque a aperçus à l'intérieur de la Coupe Stanley étaient probablement ceux des personnes qui ont gravé les inscriptions sur la coupe au fil des ans. Depuis 1940, seules quatre personnes ont eu officiellement comme tâche de graver les noms sur la Coupe Stanley. Le premier était un orfèvre du nom de Carl Peterson, un Danois qui était arrivé à Montréal en 1929. C'est lui qui a inscrit tous les noms sur la coupe des années 1940 jusqu'à son décès en 1977. Par la suite, c'est son fils, Arno Peterson, qui a gravé les noms sur la coupe pendant quelques années, jusqu'à ce qu'il décide de fermer l'entreprise de son père. (Au fil des ans, deux hommes, Ernie Phillips et Fred Light, avaient aidé les Peterson à graver les noms.) En 1979, Doug Boffey est devenu responsable de cette tâche.

Depuis 1989, c'est Louise St-Jacques, de Boffey Promotions Ltd., qui est la seule à graver les noms sur la Coupe Stanley. On dit toujours que les noms des joueurs sont « gravés » sur la coupe, mais, en réalité, ils y sont plutôt imprimés. On prend des marteaux spéciaux de divers poids avec lesquels on frappe un poinçon en forme de lettre pour imprimer chaque lettre dans le métal (seulement des majuscules). Un autre bout de métal est placé temporairement sur la surface pour faire une ligne sur laquelle les lettres seront les plus droites possible. Il faut à peu près une demi-heure pour inscrire un nom.

Le quatuor

La famille Boucher est la seule famille, dans l'histoire du hockey, à compter quatre frères hockeyeurs dont les noms ont figuré sur la Coupe Stanley : George, Frank, Billy et Bobby ont tous vu leur nom gravé sur le célèbre trophée (certains plus d'une fois) entre 1927 et 1940.

EN CHIFFRES

Le plus important retard qu'une équipe a dû rattraper pour remporter un match pendant les séries de la Coupe Stanley est un écart de trois buts. Six équipes ont réussi à remonter la pente après un score de 3-0 ou de 4-1 pour remporter la Coupe Stanley. Voici la liste de ces équipes :

Date	Équipes
29 mars 1919	Montréal 4, Seattle 3
9 avril 1936	Toronto 4, Detroit 3
13 avril 1944	Montréal 5, Chicago 4 (prol.)*
22 mai 1987	Philadelphie 5, Edmonton 3
26 mai 1992	Pittsburgh 5, Chicago 4†
5 juin 2006	Caroline 5, Edmonton 4†

*La victoire a marqué la fin des séries.
†L'équipe a fini par remporter les séries.

Question de division...

Quand les gens ont commencé à jouer au hockey, les matchs étaient divisés en deux périodes de 30 minutes, plutôt qu'en trois périodes. On est passé à trois périodes de 20 minutes avant la saison de 1910-1911. La première partie de la Coupe Stanley qui comptait trois périodes a eu lieu le 13 mars 1911, et elle opposait les Sénateurs d'Ottawa aux Professionals de Galt.

Match
5ᵉ match
3ᵉ match
4ᵉ match
3ᵉ match
1ᵉʳ match
1ᵉʳ match

49 ans... et des poussières

Quand Chicago a affronté les Flyers de Philadelphie, en juin 2010, cette ville n'avait pas remporté la Coupe Stanley depuis 1961. Patrick Kane a mis fin à cette attente de 49 ans avec l'un des buts vainqueurs les plus bizarres de l'histoire de la coupe : il a réussi à déjouer Michael Leighton, le gardien des Flyers... mais la rondelle a semblé disparaître! Kane avait déjà commencé à célébrer, mais il a fallu à tout le monde quelques secondes de plus pour comprendre que la rondelle était en réalité coincée sous le filet.

Patrick Kane exprime sa joie après avoir compté le but gagnant de la coupe.

Un but important

Patrick Kane n'est pas le seul joueur de Chicago à avoir permis à son équipe de remporter la Coupe Stanley en prolongation. Le 10 avril 1934, les Black Hawks ont remporté la Coupe Stanley pour la première fois de leur histoire, et c'était en période supplémentaire. Harold « Mush » March a compté 10 minutes et 5 secondes après le début de la deuxième période de prolongation, et Chicago a remporté la Coupe Stanley grâce à une victoire de 1 à 0 contre Detroit.

Les Rangers exagèrent

Quand les Rangers de New York ont remporté la Coupe Stanley, en 1994, ils attendaient ce moment depuis 54 ans. Ils ne se sont pas gênés pour faire la fête. Ils ont trimbalé la coupe un peu partout, l'emportant au Yankee Stadium, au baseball, et au Belmont Park, aux courses de chevaux. À un moment donné, la coupe est tombée d'une voiture. Quand elle a été rapportée au Temple de la renommée du hockey, à la fin de l'été, la coupe était en quatre morceaux. Il a fallu 36 heures de travail pour ressouder les morceaux.

EN CHIFFRES

Le plus grand nombre d'années écoulées entre deux victoires de la Coupe Stanley :

Rangers de New York (1940–1994)	54 ans
Blackhawks de Chicago (1961–2010)	49 ans
Red Wings de Detroit (1955–1997)	42 ans
Bruins de Boston (1972–2011)	39 ans
Bruins de Boston (1941–1970)	29 ans
Blackhawks de Chicago (1938–1961)	23 ans

Les prolongations, encore!

Des 16 victoires qui ont permis au Canadien de Montréal de gagner la Coupe Stanley en 1993, dix se sont terminées en prolongation, un record! En fait, cette année-là, après avoir perdu le premier match des séries en prolongation, le Canadien a gagné dix matchs consécutifs en prolongation, y compris trois pendant les finales.

EN CHIFFRES

Voici les équipes de la LNH qui n'ont jamais gagné la Coupe Stanley :

Équipe	Première saison dans la LNH
Blues de St. Louis	1967-1968
Kings de Los Angeles	1967-1968
Sabres de Buffalo	1970-1971
Canucks de Vancouver	1970-1971
Capitals de Washington	1974-1975
Coyotes de Phœnix (autrefois les Jets de Winnipeg)	1979-1980
Sharks de San Jose	1991-1992
Sénateurs d'Ottawa*	1992-1993
Panthers de la Floride	1993-1994
Predators de Nashville	1998-1999
Jets de Winnipeg (autrefois les Thrashers d'Atlanta)	1999-2000
Blue Jackets de Columbus	2000-2001
Wild du Minnesota	2000-2001

*L'équipe originale des Sénateurs d'Ottawa a fait partie de la LNH de 1917-1918 à 1933-1934, et a remporté la Coupe Stanley en 1920, 1921, 1923 et 1927.

Histoire de pêche

Quand Bryan Bickell a gagné la Coupe Stanley avec les Blackhawks en 2010, il a eu une idée bien originale pour célébrer. Bickell, grand amateur de pêche, voulait être la première personne à mettre un poisson dans la Coupe Stanley. Après avoir orné la coupe d'un gilet de sauvetage, il l'a mise dans son bateau et est parti pêcher. Il n'a rien attrapé, mais sa copine a attrapé un petit achigan dont les écailles argentées étaient assorties au bol de la Coupe Stanley.

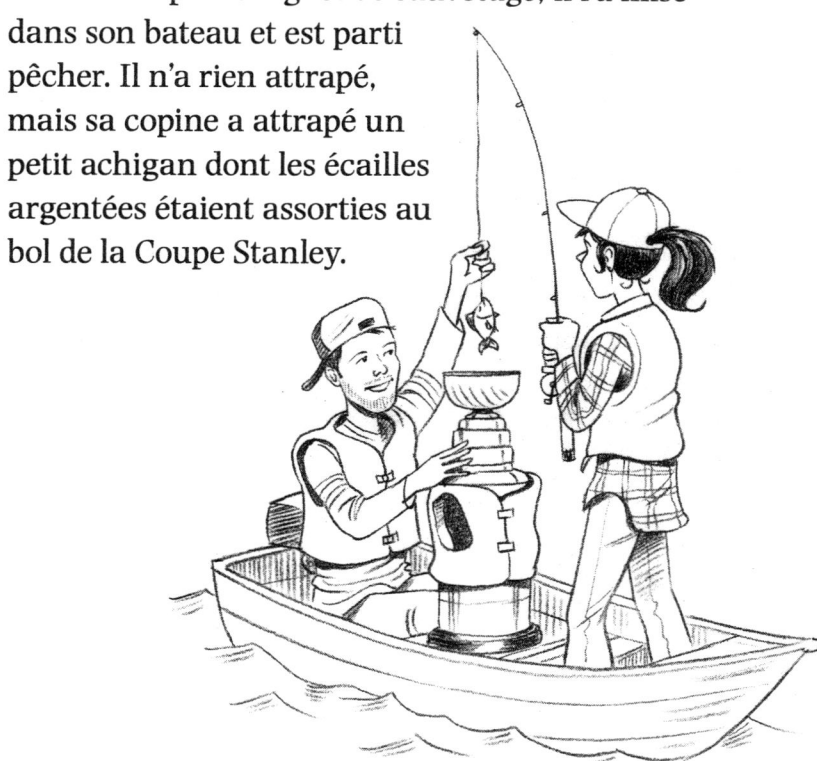

Deux seules fois

Il est arrivé seulement deux fois dans l'histoire que les finales de la Coupe Stanley se concluent en prolongation après un septième match. Dans les deux cas, ce sont les Red Wings de Detroit qui ont remporté la coupe. En 1950, Pete Babando a compté 8 minutes et 31 secondes après le début de la deuxième période de prolongation, ce qui a permis à Detroit de l'emporter 4 à 3 sur les Rangers de New York. Quatre ans plus tard, en 1954, un tir à distance de Tony Leswick a rebondi sur le défenseur du Canadien, Doug Harvey, et la rondelle a glissé derrière le gardien Gerry McNeil. Ce but chanceux a permis aux Red Wings de l'emporter 2 à 1 contre le Canadien après 4 minutes et 20 secondes en prolongation.

Jeune capitaine

Sidney Crosby n'avait que 21 ans quand les Penguins de Pittsburgh ont gagné la Coupe Stanley, en 2009. Il est le plus jeune capitaine à avoir mené son équipe à la victoire. Cependant, Jonathan Toews n'était pas beaucoup plus vieux quand son équipe, les Blackhawks, a remporté la coupe en 2010 : il avait célébré son 22e anniversaire seulement quelques semaines avant de tenir la Coupe Stanley dans ses mains.

Encore eux!

Voici un événement qui est survenu une seule fois dans l'histoire du hockey : les deux mêmes équipes se sont affrontées en finale de la Coupe Stanley trois années de suite. Les Red Wings de Detroit ont battu le Canadien de Montréal en 1954 et en 1955, puis, quand ils se sont affrontés de nouveau en 1956, c'est Montréal qui l'a emporté.

EN CHIFFRES

Voici les 16 joueurs de l'histoire de la LNH qui ont compté en prolongation le but qui a permis à leur équipe de remporter la Coupe Stanley :

Année	Joueur	Équipe
2010	Patrick Kane	Blackhawks de Chicago
2000	Jason Arnott	Devils du New Jersey
1999	Brett Hull	Stars de Dallas
1996	Uwe Krupp	Avalanche du Colorado
1980	Bob Nystrom	Islanders de NY
1977	Jacques Lemaire	Canadien de Montréal
1970	Bobby Orr	Bruins de Boston
1966	Henri Richard	Canadien de Montréal
1954	Tony Leswick	Red Wings de Detroit
1953	Elmer Lach	Canadien de Montréal
1951	Bill Barilko	Maple Leafs de Toronto
1950	Pete Babando	Red Wings de Detroit
1944	Toe Blake	Canadien de Montréal
1940	Bryan Hextall	Rangers de NY
1934	Harold March	Black Hawks de Chicago
1933	Bill Cook	Rangers de NY

Temps écoulé	Période	Score	Série
4 min 6 s	1re prol.	4-3	4-2
8 min 20 s	2e prol.	2-1	4-2
14 min 51 s	3e prol.	3-2	4-2
4 min 31 s	3e prol.	1-0	4-0
7 min 11 s	1re prol.	5-4	4-2
4 min 32 s	1re prol.	2-1	4-0
0 min 40 s	1re prol.	4-3	4-0
2 min 20 s	1re prol.	3-2	4-2
4 min 20 s	1re prol.	2-1	4-3
1 min 22 s	1re prol.	1-0	4-1
2 min 53 s	1re prol.	3-2	4-1
8 min 31 s	2e prol.	4-3	4-3
9 min 12 s	1re prol.	5-4	4-0
2 min 7 s	1re prol.	3-2	4-2
10 min 5 s	2e prol.	1-0	3-1
7 min 34 s	1re prol.	1-0	3-1

Jamais deux sans trois

Marian Hossa a commencé sa carrière dans la LNH avec les Sénateurs d'Ottawa en 1997-1998. Il lui a fallu dix ans pour atteindre les finales de la Coupe Stanley, mais il y est finalement arrivé avec les Penguins de Pittsburgh en 2008. Malheureusement pour lui, cette année-là, les Penguins ont perdu la coupe aux mains de Detroit. Après cette saison, Hossa est devenu un joueur autonome et il a signé un contrat avec les Red Wings de Detroit. L'équipe s'est de nouveau rendue en finale de la Coupe Stanley en 2009, mais elle a perdu... aux mains des anciens coéquipiers de Hossa, à Pittsburgh. L'année suivante, Hossa jouait pour les Blackhawks de Chicago. Quand son équipe a atteint les finales de la Coupe Stanley en 2010, Hossa est devenu le premier joueur de l'histoire de la LNH à se rendre en finale avec trois équipes différentes, trois années de suite. Et la troisième fois était la bonne : il a remporté la coupe!

Une douche froide avec Bain

Le 31 janvier 1901, Dan Bain, l'un des plus grands athlètes du Canada, est devenu le premier joueur de l'histoire du hockey à compter le but gagnant de la Coupe Stanley en prolongation : Bain a compté après 4 minutes de prolongation, ce qui a permis aux Victorias de Winnipeg de l'emporter 2 à 1 contre les Shamrocks de Montréal.

Jack Marshall est le seul joueur de l'histoire du hockey à avoir remporté la Coupe Stanley avec quatre équipes différentes. Marshall n'a jamais joué dans la LNH, qui a été créée en 1917. Il a remporté le championnat avec les Victorias de Winnipeg en 1901, avec l'AAA de Montréal en 1902 et en 1903, avec les Wanderers de Montréal en 1907 et en 1910, ainsi qu'avec les Blueshirts de Toronto en 1914.

De prolongation en prolongation

Pendant les finales de la Coupe Stanley de 1951, qui opposaient les Maple Leafs de Toronto au Canadien de Montréal, tous les matchs se sont terminés en prolongation; c'est la seule fois que cela s'est produit dans l'histoire des séries éliminatoires de la LNH. Au bout du compte, Toronto a remporté la série en cinq matchs.

Avoir son nom sur la coupe

Les règles qui déterminent le nombre de noms pouvant être gravés sur la Coupe Stanley ont changé au fil du temps. Au départ, les choses étaient simples puisque les équipes comptaient peu de joueurs et de membres du personnel. De nos jours cependant, l'équipe championne doit remettre au commissaire de la LNH une liste des noms qu'elle souhaite voir inscrits sur la coupe. Au total, 53 noms peuvent y figurer. Tous les joueurs qui ont pris part à au moins un des matchs des séries éliminatoires verront leur nom inscrit sur la Coupe Stanley. Il en va de même pour les joueurs qui ont pris part à au moins la moitié des matchs de l'équipe en saison régulière… s'ils font toujours partie de l'équipe à la fin de l'année, évidemment. Un joueur qui ne répond pas à ces critères peut tout de même voir son nom sur la coupe si l'on juge qu'il a joué un rôle important au sein de l'équipe.

En plus du nom des joueurs, la plupart des équipes font inscrire autant de noms d'entraîneurs et d'employés de l'équipe que l'espace le permet.

Jeune joueur

Le plus jeune joueur à avoir remporté la Coupe Stanley est Larry Hillman. Il n'avait que 18 ans, deux mois et neuf jours quand son équipe, les Red Wings de Detroit, a remporté la coupe en 1955.

Le savais-tu?

Quand les Blackhawks de Chicago ont remporté la Coupe Stanley, en 2010, Scotty Bowman était conseiller principal pour l'équipe, ce qui lui a permis de voir son nom inscrit sur le trophée pour la 12e fois! En plus de ses neuf victoires comme entraîneur, Bowman faisait partie du bureau de direction de l'équipe de Detroit quand elle a gagné la coupe en 2008 et de celle de Pittsburgh quand elle a été championne en 1991. Mais il n'a pas réussi à battre le record de Jean Béliveau, dont le nom est inscrit 17 fois sur la coupe. Béliveau a remporté la Coupe Stanley à dix occasions à titre de joueur du Canadien, et sept fois à titre de membre de l'organisation.

Les entraîneurs des champions

Scotty Bowman a remporté neuf fois la Coupe Stanley, ce qui le place au premier rang des entraîneurs. Il a remporté cinq coupes avec l'équipe de Montréal, soit en 1973, en 1976, en 1977, en 1978 et en 1979. Par la suite, il a remporté la Coupe Stanley à titre d'entraîneur en chef à Pittsburgh en 1992, et à titre d'entraîneur des Red Wings de Detroit en 1997, en 1998 et en 2002. Bowman a battu le record établi par Toe Blake, qui avait remporté la Coupe Stanley huit fois de 1956 à 1968 à titre d'entraîneur du Canadien de Montréal.

Le savais-tu?

La série de cinq victoires consécutives de la coupe par le Canadien a eu lieu pendant une période où il a participé aux finales dix saisons de suite, soit de de 1951 à 1960. En plus de ces cinq victoires consécutives, le Canadien a aussi remporté la coupe en 1953.

LE JOUEUR LE PLUS UTILE

Ce sont les Maple Leafs de Toronto qui ont offert le trophée Conn Smythe à la LNH en 1964. Il a été nommé en l'honneur d'un propriétaire de longue date de l'équipe de Toronto et a la forme du Maple Leaf Gardens, que Conn Smythe a fait construire en 1932. Le trophée est remis au joueur le plus utile pendant les séries. Le premier à l'avoir remporté est Jean Béliveau, du Canadien de Montréal, en 1965.

Le rêve devient réalité

À la fin des années 1970, les Islanders de New York avaient la réputation d'être une excellente équipe pendant la saison régulière, mais de se dégonfler pendant les séries. Quand l'équipe a finalement gagné la Coupe Stanley en 1980, Bryan Trottier l'a emportée chez lui... et a dormi avec elle! « Je voulais me réveiller et la trouver à mes côtés, a-t-il expliqué. Je voulais être certain que tout cela n'était pas qu'un rêve. »

LA COUPE EN TOURNÉE

Pendant l'été 2010, la Coupe Stanley a passé quelques jours en Slovaquie avec des joueurs des Blackhawks de Chicago. Quand Marian Hossa a eu le trophée, il s'en est servi pour y manger des pirojki. Son coéquipier, Tomas Kopecky, s'est servi de la coupe pour manger un bol de soupe traditionnelle slovaque.

Bienvenue en Slovaquie

QUESTION DE NOM

Maurice « le Rocket » Richard et son petit frère, Henri « le Pocket Rocket », jouaient ensemble dans l'équipe des Canadiens qui a gagné la Coupe Stanley cinq années consécutives. Ces années ont été les cinq dernières de la carrière de Maurice, et les cinq premières de celle de Henri.

Les Richard, Henri à gauche et Maurice à droite – coéquipiers et frères

Un beau méli-mélo!

Au début, chaque équipe de hockey comptait sept joueurs sur la glace plutôt que six. En plus d'un gardien de but, de deux défenseurs et de trois attaquants, les équipes avaient également un demi-centre, qui jouait entre les attaquants et les défenseurs. L'Association nationale de hockey a été la première ligue à éliminer cette position, avant la saison 1911-1912. De son côté, l'Association de hockey de la Côte du Pacifique (AHCP), au début de cette saison-là, a décidé de garder le demi-centre. Quand les deux ligues ont commencé à s'affronter pour la Coupe Stanley, les règles changeaient à chaque partie. De plus, les deux ligues avaient des règles différentes concernant les passes et les hors-jeu : jouer au hockey cette année-là était bien compliqué!

EN CHIFFRES

Cinq joueurs ont gagné le trophée Conn Smythe, celui du joueur le plus utile des séries, même si leur équipe a perdu lors de la ronde des finales :

Année	Nom, poste
1966	Roger Crozier, gardien
1968	Glenn Hall, gardien
1976	Reggie Leach, ailier droit
1987	Ron Hextall, gardien
2003	Jean-Sébastien Giguère, gardien

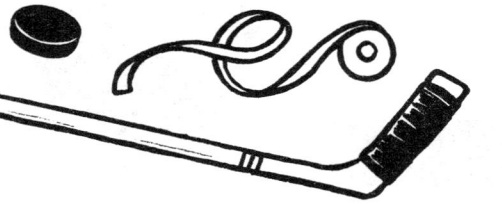

Équipe	Équipe gagnante
Red Wings de Detroit	Canadien de Montréal
Blues de St. Louis	Canadien de Montréal
Flyers de Philadelphie	Canadien de Montréal
Flyers de Philadelphie	Oilers d'Edmonton
Ducks d'Anaheim	Devils du New Jersey

EN CHIFFRES

Voici une liste des équipes de la LNH qui ont gagné la Coupe Stanley deux années de suite ou plus :

Équipe	Coupes	Années
Canadien de Montréal	5	1956-1960
Islanders de New York	4	1980-1983
Canadien de Montréal	4	1976-1979
Maple Leafs de Toronto	3	1947-1949
		1962-1964
Penguins de Pittsburgh	2	1991 et 1992
Oilers d'Edmonton	2	1984 et 1985
		1987 et 1988
Flyers de Philadelphie	2	1974 et 1975
Red Wings de Detroit	2	1936 et 1937
		1954 et 1955
		1997 et 1998
Canadien de Montréal	2	1930 et 1931
		1965 et 1966
		1968 et 1969
Sénateurs d'Ottawa	2	1920 et 1921

QUESTION DE NOM

En 1973, quelques semaines après que Scotty Bowman, qui était l'entraîneur des Canadiens, ait réussi à gagner sa première Coupe Stanley avec son équipe, sa femme a donné naissance à un garçon. Les Bowman ont nommé leur fils Stanley... en l'honneur de la coupe. En 2010, le nom de Stan Bowman a été gravé sur la Coupe Stanley à titre de directeur général des Blackhawks de Chicago. Drôle de hasard : ce sont les Blackhawks que le Canadien de Montréal avait battus en 1973!

Dan Cleary a été le premier joueur originaire de Terre-Neuve à gagner la Coupe Stanley, quand il faisait partie des Red Wings de Detroit, en 2008. Cleary est né à Carbonear, à Terre-Neuve, le 18 décembre 1978, et a commencé sa carrière dans la LNH avec les Blackhawks de Chicago en 1997.

LA COUPE EN TOURNÉE

Quand Eric Staal a gagné la coupe avec les Hurricanes de la Caroline en 2006 et l'a rapportée à Thunder Bay, sa ville natale en Ontario, aucun de ses trois petits frères ne l'a approchée. Ils ne voulaient pas compromettre leurs chances de la gagner un jour. Quand Jordan Staal a gagné la coupe avec l'équipe de Pittsburgh en 2009, il a donc dormi avec la coupe, y a mangé ses Frosted Flakes le lendemain matin et, plus tard, il s'en est servi pour savourer une crème glacée. On se demande bien ce que Marc et Jared Staal ont prévu de faire si jamais ils la gagnent!

LES CHRONIQUES DE LA COUPE

En 1915, les Millionnaires de Vancouver sont devenus la première équipe de l'AHCP à gagner la Coupe Stanley. C'était la première fois que la coupe se retrouvait à l'ouest de Winnipeg. La Colombie-Britannique a célébré une deuxième victoire en 1925, quand les Cougars de Victoria ont remporté la Coupe Stanley. Ils ont été les derniers champions de la côte Ouest jusqu'à ce que les Ducks d'Anaheim gagnent la coupe en 2007.

QUESTION DE NOM

Marguerite Norris a été la première femme à avoir son nom gravé sur la Coupe Stanley. Elle était présidente des Red Wings de Detroit quand ils ont gagné en 1954 et en 1955.

LA COUPE EN TOURNÉE

Enfant, Martin Brodeur, le gardien de but des Devils du New Jersey, jouait avec ses amis au hockey de rue à Montréal. Ils faisaient semblant de s'affronter pour remporter la Coupe Stanley. Quand Martin Brodeur a gagné la coupe pour la première fois en 1995, il a rassemblé tous ses vieux amis pour un tournoi de hockey de rue. Les gagnants avaient le privilège de porter triomphalement la Coupe Stanley! Ce jour-là, l'équipe de Martin Brodeur a perdu. Quand il a de nouveau remporté la coupe, en 2000, il a organisé un match de revanche. Cette fois son équipe a gagné, et les deux équipes étaient à égalité.

Martin Brodeur et ses amis ont pu mettre fin à cette égalité en 2003, quand les Devils ont remporté la Coupe Stanley pour une troisième fois. La coupe n'était pas seule en jeu cette année-là, il y avait également la médaille d'or que Martin avait décrochée aux Jeux olympiques de 2002.

Le tournoi était très serré, et l'équipe de Martin Brodeur a gagné la partie finale par un pointage de 7 à 5. Ce jour-là, les quatre enfants de Martin Brodeur se sont bien amusés avec la Coupe Stanley. Le matin, ils ont mangé leur déjeuner dans la coupe. Le soir, ils l'ont remplie de guimauves qu'ils ont fait griller sur un feu de camp.

Martin Brodeur et ses amis d'enfance avec la coupe

Le savais-tu?

La première équipe des États-Unis à gagner la Coupe Stanley faisait partie de l'Association de hockey de la Côte du Pacifique. Les Metropolitans de Seattle ont battu les champions de la LNH, le Canadien de Montréal, en 1917.

QUESTION DE NOM

Un membre de la troisième génération de la famille Patrick a également eu son nom gravé sur la Coupe Stanley. Le fils de Lynn Patrick, Craig, n'a jamais gagné la coupe au cours de ses huit ans de carrière comme joueur dans la LNH, mais son nom s'est quand même retrouvé sur la coupe puisqu'il était directeur général des Penguins de Pittsburgh, quand ils ont gagné en 1991 et en 1992.

Hommes à tout faire!

Autrefois, quand les gardiens de but écopaient d'une pénalité, ils devaient aller au banc des pénalités. Comme les équipes n'avaient qu'un seul gardien, un joueur sur la glace devait prendre sa place devant le filet. Vers la fin de la première partie des séries à Ottawa en 1904, le gardien de Brandon, Dugald Morrison, a pris une pénalité. Lester Patrick l'a remplacé et a arrêté le seul tir au but reçu.

Vingt-quatre ans plus tard, Lester Patrick était entraîneur et directeur général des Rangers de New York. Pendant la deuxième partie des finales de la Coupe Stanley de 1928, le gardien des Rangers, Lorne Chabot, s'est blessé et a dû quitter le jeu. Les équipes n'avaient toujours pas de gardien substitut, et, plutôt que de demander à l'un de ses joueurs de se placer devant le filet, Lester Patrick y est allé lui-même. Il était âgé de 44 ans et avait pris sa retraite comme joueur, mais grâce à lui, les Rangers ont gagné 2 à 1 en prolongation. Après le match, les Rangers ont engagé un nouveau gardien et ont gagné les séries.

Le savais-tu?

Lynn et Muzz Patrick n'ont pas été les seuls frères à remporter la Coupe Stanley avec les Rangers en 1940. L'équipe comptait également parmi ses rangs Neil et Mac Colville. Quand les Rangers ont gagné la Coupe Stanley en 1928 et en 1933, les frères Bill et Fred « Bun » Cook faisaient partie de l'équipe.

LA COUPE EN TOURNÉE

Doug Weight a vraiment savouré sa victoire lorsqu'il a remporté la Coupe Stanley avec les Hurricanes de la Caroline, en 2006. En effet, il a transformé la Coupe Stanley en coupe glacée géante! Doug, sa femme et leurs trois enfants ont rempli la coupe avec de la crème glacée, qu'ils ont garnie de sauce au chocolat, de M&M et de pépites de chocolat. Miam!

LA COUPE EN TOURNÉE

Les 24 heures que Patrick Kane a passées en compagnie de la Coupe Stanley ont été bien remplies. Premièrement, le hockeyeur, natif de Buffalo, dans l'État de New York, a apporté la coupe aux chutes du Niagara, tout près de là. Il l'a ensuite apportée à un centre de traitement du cancer de sa ville natale pour égayer les patients. Plus tard, il a organisé une fête avec des amis, qui ont pris plaisir à manger des ailes de poulet dans la Coupe Stanley, car Buffalo est la capitale mondiale des ailes de poulet! Par la suite, Kane a pris l'avion pour Chicago, où il est monté sur scène au concert de Jimmy Buffet avec la Coupe Stanley.

Tout est dans le nom!

Chaque fois que les Red Wings de Detroit ont gagné la Coupe Stanley, un Howe a eu son nom gravé sur le trophée. Syd Howe faisait partie des Red Wings les trois premières fois où ils ont gagné la Coupe Stanley, en 1936, en 1937 et en 1943. Syd Howe était un excellent joueur, mais n'avait aucun lien de parenté avec le meilleur joueur des Red Wings de tous les temps, Gordie Howe. Ce dernier a remporté la coupe à quatre reprises avec Detroit : en 1950, 1952, 1954 et en 1955. Il aura fallu 42 ans pour que les Red Wings gagnent la coupe à nouveau, mais, quand ils y sont parvenus en 1997 et 1998, le fils de Gordie, Mark Howe (qui était lui-même un très bon joueur!), était un des recruteurs de l'équipe. Il était également membre des Red Wings lorsqu'ils ont gagné la Coupe Stanley dans les années 2000.

Les Howes : Mark, Gordie et Marty

Le savais-tu?

En 2009, Mario Lemieux a gagné la Coupe Stanley en tant que propriétaire des Penguins de Pittsburgh. En 1991 et en 1992, il l'avait gagnée comme vedette de l'équipe de Pittsburgh. Lemieux était le premier depuis Lester Patrick à gagner la Coupe Stanley comme joueur et comme propriétaire d'une équipe. La seule autre personne de l'histoire du hockey à l'avoir fait était le frère de Lester, Frank Patrick. Ce dernier était à la fois joueur et propriétaire des Millionnaires de Vancouver quand ils ont gagné la Coupe Stanley en 1915.

Un long périple...

Pendant l'hiver 1904-1905, une équipe de hockey de Dawson, au Yukon, a fait le long voyage vers Ottawa pour affronter les Silver Seven dans une série deux de trois pour la Coupe Stanley. Les joueurs ont quitté Dawson le 18 décembre 1904 pour se rendre à Ottawa. Ils avaient prévu voyager en vélo et en traîneau à chien... mais ont fini par marcher la majeure partie des 530 kilomètres jusqu'à Whitehorse. Cela leur a pris dix jours! De là, ils ont voyagé en train et en bateau sur 6 000 kilomètres pour se rendre à Ottawa. Ils ne sont arrivés à destination que le 11 janvier 1905. Les joueurs de Dawson n'ont eu qu'une seule journée de repos avant de commencer les séries de la Coupe Stanley, le 13 janvier. Ce soir-là, ils ont perdu le match, avec un pointage de 9 à 2. Le match suivant, le 16 janvier 1905, a été encore plus lamentable. Cette fois-là, Ottawa a battu Dawson 23 à 2!

Le savais-tu?

La grande vedette suédoise Nicklas Lidstrom est le premier joueur né en Europe à avoir été capitaine d'une équipe ayant remporté la Coupe Stanley, quand les Red Wings de Detroit ont vaincu les Penguins de Pittsburgh en 2008. Il s'agissait d'une deuxième « première » pour lui. En effet, Lidstrom avait été le premier joueur européen à gagner le trophée Conn Smythe remis au joueur le plus utile à son équipe lorsque Detroit avait remporté la coupe en 2002.

Un seul œil, mais un bon!

Frank McGee était l'étoile des Silver Seven d'Ottawa. Tôt dans sa carrière, il a perdu l'usage d'un œil en raison d'une blessure, mais cela le gênait très peu. Il a compté 14 buts pendant la victoire d'Ottawa de 23 à 2 contre la ville de Dawson, établissant ainsi un record de la Coupe Stanley qui ne sera probablement jamais battu!

Le premier bébé dans la coupe

La première photographie connue d'un bébé assis dans le bol de la Coupe Stanley est celle du fils de Georges Vézina, un des grands gardiens du Canadien de Montréal. Joseph Louis Marcel Vézina est né la nuit après que le Canadien a gagné sa première Coupe Stanley, en 1916.

Tu veux parier?

Les Bulldogs de Québec, de l'Association nationale de hockey, ont gagné la Coupe Stanley en 1912 et en 1913. Pratiquement personne ne s'attendait à cette victoire. Même certains membres de l'équipe ne croyaient pas qu'ils gagneraient. Après la victoire, deux de leurs joueurs ont dû honorer des paris très étranges. Goldie Prodger a dû promener un coéquipier en ville dans une brouette, alors que Joe Hall a dû pousser une arachide sur tout un pâté de maisons... avec un cure-dent!

EN CHIFFRES

Voici un aperçu des records de la LNH pour le plus grand nombre de buts pendant un seul match des finales de la Coupe Stanley :

Plus de buts, deux équipes, un match

15   Les Blackhawks de Chicago (8) contre le Canadien de Montréal (7), pendant la 5e partie, le 8 mai 1973.
(Montréal a gagné la série 4 à 2.)

Plus de buts, une équipe, un match

9   Les Red Wings de Detroit, pendant la 2e partie, le 7 avril 1936.
(9 à 4 pour Detroit contre Toronto. Detroit a gagné la série 3 à 1.)

Les Maple Leafs de Toronto, pendant la 5e partie, le 14 avril 1942.
(9 à 3 pour Toronto contre Detroit. Toronto a gagné la série 4 à 3.)

Plus de buts, un joueur, un match

4   Newsy Lalonde, Montréal, pendant la 2e partie, le 22 mars 1919, à Seattle. (4 à 2 pour Montréal contre Seattle.)

Babe Dye, Toronto, pendant la 5e partie, le 28 mars 1922, à Toronto. (5 à 1 pour Toronto contre Vancouver.)

Ted Lindsay, Detroit, pendant la 2e partie, le 5 avril 1955, à Detroit. (7 à 1 pour Detroit contre Montréal.)

Maurice Richard, Montréal, pendant la 1re partie, le 6 avril 1957, à Montréal. (5 à 1 pour Montréal contre Boston.)

LA COUPE EN TOURNÉE

Le 2 février 2007, les Hurricanes de la Caroline, qui avaient remporté la Coupe Stanley, ont été accueillis à la Maison-Blanche, à Washington, par le président des États-Unis, George W. Bush. Le lendemain, la Coupe Stanley a rendu visite à la gouverneure générale du Canada, Michaëlle Jean, au cours d'une réception spéciale à Rideau Hall, à Ottawa.

Dedans comme dehors

Il semblerait que c'est Phil Bourque qui a lancé la Coupe Stanley dans la piscine de Mario Lemieux en 1991. Phil Bourque s'est aussi distingué pour une autre raison : il est le seul joueur dont le nom est gravé à l'extérieur et à l'intérieur de la coupe. Apparemment, Bourque entendait un petit bruit à l'intérieur de la coupe, et il a décidé d'essayer de la réparer lui-même. Il a dévissé la base de la coupe et a remarqué que quelques noms étaient gravés à l'intérieur. Il en a donc profité pour y graver son propre message : « *Enjoy it, Phil Bubba Bourque, '91 Penguins* » (ce qui signifie « Savourez le moment! »).

Gardes de la coupe

Comme bien des personnages de marque, la Coupe Stanley ne voyage pas seule. Dès qu'elle doit aller quelque part – que ce soit à un évènement spécial pour une œuvre de charité, dans un aréna ou pendant la tournée estivale de la victoire –, une personne du Temple de la renommée du hockey l'accompagne. Les « gardes du corps » de la Coupe Stanley sont connus sous le nom de gardes de la coupe.

LA COUPE EN TOURNÉE

La Coupe Stanley a voyagé en Europe pour la première fois avec Peter Forsberg, quand il a gagné la coupe avec l'Avalanche du Colorado, en 1996. Cet été-là, il a apporté la coupe chez lui, à Ornskoldsvik, en Suède, afin de célébrer cette victoire avec sa famille et ses amis.

Jamais trop jeune pour la coupe!

Il y avait déjà eu des histoires de bébés qui se sont retrouvés dans la Coupe, mais aucun n'était âgé d'à peine une heure. L'après-midi du 12 octobre 2010, la femme de Dave Knickerbocker, un cadre supérieur du bureau de direction des Blackhawks de Chicago, a donné naissance à une petite fille. Seulement 97 minutes plus tard, la jeune Elena Ruth Knickerbocker s'est fait prendre en photo dans le bol de la Coupe Stanley, avec la bague de la Coupe Stanley de son père. Cela a fait d'elle le bébé le plus jeune à ce jour à avoir pris place dans le célèbre bol.

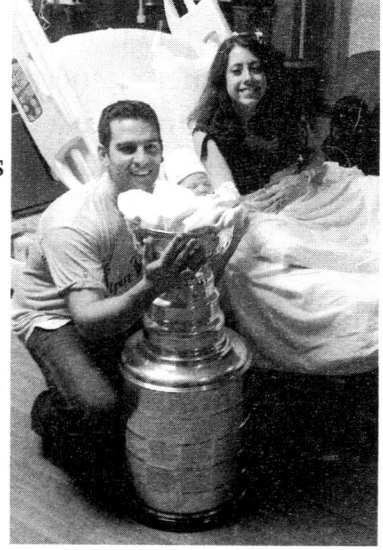

Le nouveau-né des Knickerbocker assis dans la coupe

Retour au bercail

Au cours des dernières années, la Coupe Stanley a voyagé un peu partout en Europe, avec des joueurs originaires de Suède, de Russie, de Slovaquie, de République tchèque ou d'Allemagne. Ce n'est qu'en avril 2006 que la Coupe Stanley est retournée pour la première fois à l'endroit où elle est « née », en Angleterre.

Phil Pritchard, du Temple de la renommée du hockey, a emporté la Coupe Stanley à Londres pour rencontrer Edward Stanley, l'arrière-arrière-petit-fils de Lord Stanley, qui avait fait don du trophée en 1892, à l'époque où il était gouverneur général du Canada. La coupe est également retournée à l'atelier de l'orfèvrerie où un assistant de Lord Stanley avait acheté le premier bol de la Coupe Stanley.

La coupe est fin prête pour se promener dans Londres, en Angleterre.

Les débuts de Dryden

Ken Dryden, gardien intronisé au Temple de la renommée, est le seul joueur de l'histoire de la LNH à avoir remporté un important trophée individuel *avant* de gagner le trophée Calder remis à la recrue de l'année. Il a été appelé pour jouer avec le Canadien de Montréal tard dans la saison 1970-1971. Il a permis à son équipe de gagner les six matchs auxquels il a participé et s'est fait offrir un poste à Montréal pour les séries éliminatoires. La performance spectaculaire de Dryden a aidé le Canadien à gagner la Coupe Stanley et lui a valu le trophée Conn Smythe du joueur le plus utile des séries. Un an plus tard, Dryden a gagné le trophée Calder après avoir passé sa première saison complète dans la LNH.

Juste à temps

Raymond Bourque a été l'un des meilleurs défenseurs de l'histoire de la LNH. En fait, de tous les défenseurs, c'est lui qui a compté le plus de buts. Il a également gagné à cinq reprises le trophée Norris du meilleur défenseur. Toutefois, malgré tout son talent, Raymond Bourque a joué pendant 21 saisons avec la LNH sans remporter la Coupe Stanley. Il l'a finalement remportée à sa 22e saison, avec l'Avalanche du Colorado, en 2001. En comptant la saison régulière et les séries éliminatoires, il aura fallu 1 826 matchs à Bourque pour réussir à gagner la Coupe Stanley… soit au tout dernier match qu'il a joué de sa vie. Il est le seul de toute l'histoire du hockey qui a dû attendre si longtemps pour devenir un champion.

LA COUPE EN TOURNÉE

Cristobal Huet est seulement le troisième joueur originaire de France (après Philippe Bozon et Sébastien Bordeleau) à jouer pour la LNH. Il jouait comme gardien de but substitut pour les Blackhawks de Chicago en 2009-2010, et est devenu le premier Français à remporter la Coupe Stanley. Cristobal a apporté la Coupe Stanley en France pour la première fois cet été-là. Il s'est rendu à Grenoble, sa ville natale, puis à Paris pour prendre des photos devant la tour Eiffel avec la coupe.

Christobal Huet avec la coupe devant la Tour Eiffel

Premières aventures à Ottawa

Selon la légende, quand les Silver Seven d'Ottawa ont gagné la Coupe Stanley en 1905, quelques joueurs se sont demandé s'il était possible d'envoyer le trophée de l'autre côté du canal Rideau d'un coup de pied. On a botté la coupe comme au football, mais elle ne s'est pas rendue de l'autre côté et est tombée au milieu du canal. Heureusement, comme l'eau était gelée, elle n'a pas coulé. La coupe est tout de même restée là toute la nuit jusqu'à ce qu'elle soit récupérée, le lendemain.

Le savais-tu?

Les matchs de la Coupe Stanley ont été diffusés à la télévision pour la première fois en 1953. Le Canadien de Montréal et les Bruins de Boston s'affrontaient. Le Canadien a gagné les séries quatre à un.

Un bon cru

On entend souvent parler de joueurs qui ont « bu dans la coupe ». En fait, la tradition remonte à 1896, quand les Victorias de Winnipeg ont vaincu les Victorias de Montréal et ont célébré en buvant du champagne à même la Coupe Stanley. Quand l'équipe est retournée à Winnipeg avec le trophée, leurs partisans ont organisé le premier défilé de la Coupe Stanley. Ces deux traditions se perpétuent encore aujourd'hui.

Un coup de sifflet de trop

Les Wellingtons de Toronto se sont rendus dans l'Ouest pour jouer contre les Victorias de Winnipeg pour la Coupe Stanley, en 1902. John Ross Robertson, président de l'Ontario Hockey Association, a eu une idée brillante pour que les amateurs de hockey de Toronto sachent si leur équipe avait gagné. Robertson s'est organisé pour que le Toronto Railway utilise le sifflet à vapeur géant au sommet de son bâtiment des machines comme signal pendant les séries. Quand les résultats finaux étaient reçus par télégraphe, le sifflet retentissait deux fois si les Wellingtons avaient gagné, mais un troisième coup de sifflet annonçait leur défaite. « Dans les maisons, les gens tendaient l'oreille pour entendre les coups de sifflet retentissants », rapportait le journal *Globe* de Toronto, « ils étaient nombreux à retenir leur souffle après le deuxième coup de sifflet, espérant qu'il n'y en ait pas de troisième. »

Malheureusement pour les partisans de Toronto, il y a eu un troisième coup de sifflet après les deux matchs. Les Victorias de Winnipeg ont gagné les deux matchs 5 à 3 et ont remporté la série deux de trois en deux matchs consécutifs.

EN CHIFFRES

Clint Benedict détient le record en carrière du plus grand nombre de blanchissages pendant les matchs de la Coupe Stanley. Il a enregistré huit jeux blancs pendant les cinq séries de la Coupe Stanley auxquelles il a participé avec les Sénateurs d'Ottawa et les Maroons de Montréal, dans les années 1920. Benedict est également l'un des trois gardiens de but à avoir réalisé trois blanchissages en finale, la même année. Voici la liste complète :

Année	Joueur
1926	Clint Benedict, Maroons de Montréal 3 blanchissages en 4 parties
1945	Frank McCool, Maple Leafs de Toronto 3 blanchissages en 7 parties
2003	Martin Brodeur, Devils du New Jersey 3 blanchissages en 7 parties

Le savais-tu?

Lanny McDonald était une vedette de la LNH depuis longtemps quand il a finalement gagné la Coupe Stanley pour la première fois, à la dernière partie de sa carrière. En 1982-1983, McDonald a compté 66 buts pour les Flames de Calgary. Il avait 16 ans de carrière en 1988-1989 et était capitaine adjoint de l'équipe, mais il n'était plus au sommet de sa forme. Même s'il s'était laissé pousser une grosse barbe rousse pour lui porter chance et accompagner sa légendaire moustache hirsute, McDonald n'avait compté aucun but pendant les séries de 1989. Il avait même été laissé sur le banc pendant trois matchs au cours des finales de la Coupe Stanley contre Montréal, mais il est retourné au jeu pour la 6ᵉ partie. Au début de la deuxième période, McDonald a finalement compté un but. Cela a donné l'avantage à Calgary, avec un pointage de 2 à 1, et les Flames ont finalement remporté le match 4 à 2. Lanny avait gardé le meilleur pour la fin.

La rondelle, où est-elle?

En mars 1903, il faisait inhabituellement doux pendant les séries de la Coupe Stanley entre les Silver Seven d'Ottawa et les Thistles de Rat Portage, et la surface de jeu était dans un état lamentable. Pendant le premier match des séries, la rondelle est tombée dans un trou dans la glace et a disparu!

LES CHRONIQUES DE LA COUPE

Dans les années 1980, les équipes de l'Alberta ont été très présentes dans les séries de la Coupe Stanley. De 1983 à 1990, soit les Flames de Calgary, soit les Oilers d'Edmonton se rendaient aux finales chaque saison. Ensemble, ces équipes ont remporté la Coupe Stanley six fois.

L'homme masqué

Jacques Plante a laissé sa marque en popularisant le masque pour gardien de but. Il a porté un masque pour la première fois pendant la saison 1959-1960 et a aidé le Canadien à gagner la Coupe Stanley cette année-là. Les gardiens de but n'ont pas commencé immédiatement à porter un masque pour autant. Le dernier gardien de but à avoir participé aux finales de la Coupe Stanley *sans* porter de masque était Rogatien Vachon, de l'équipe de Montréal, en 1969.

Un demi-but?

Pendant la deuxième partie des séries de la Coupe Stanley de 1902 entre les Victorias de Winnipeg et les Wellingtons de Toronto, il y a eu une mêlée près du filet de Winnipeg, et la rondelle s'est fendue en deux. Art Brown, le gardien de Winnipeg, croyait que le jeu serait arrêté, mais cela n'a pas été le cas. Chummy Hill, de Toronto, s'est emparé d'une moitié de la rondelle et l'a tirée dans le filet. L'arbitre a décidé qu'il s'agissait d'un but, et Toronto a pris l'avance 2 à 1... mais l'équipe a quand même perdu le match et les séries.

Quelques années plus tard, un arbitre a refusé un but quand un joueur a compté avec une rondelle brisée. Il a dit que, selon le règlement, une rondelle devait avoir un pouce d'épaisseur et que, si un objet de taille inférieure pénétrait dans le filet, il ne s'agissait pas vraiment d'une rondelle, donc cela ne pouvait compter pour un but. Depuis, il est bien écrit dans le règlement du hockey que la rondelle entière doit dépasser la ligne de but pour que le but compte.

La nuit tombe sur les Bruins

Les Bruins de Boston n'avaient gagné aucune des trois parties qui les avaient opposés aux Oilers d'Edmonton pendant les finales de la Coupe Stanley de 1988, mais ils luttaient pour leur survie pendant le quatrième match, qui se déroulait à domicile. Ils menaient jusqu'à la fin de la deuxième période, quand Craig Simpson a marqué pour les Oilers, créant ainsi une égalité de 3 à 3. Une fraction de seconde plus tard, les lumières s'éteignaient au Boston Garden. Il s'agissait d'une panne de courant générale, et le match a dû être suspendu. Le match n'a pas compté, mais les statistiques des joueurs au cours de ce match l'ont été. Deux jours plus tard, les séries ont repris à Edmonton pour ce qui aurait dû être le cinquième match, mais, quand les Oilers l'ont gagné, on leur a accordé un balayage en quatre matchs.

Pas de coupe, pas de victoire...

Pendant les finales de la Coupe Stanley de 1987, les Flyers de Philadelphie étaient dominés par les Oilers d'Edmonton après trois matchs contre un. C'est alors que leur entraîneur, Mike Keenan, a eu une idée géniale pour motiver ses joueurs. Avant le début du match suivant, il a apporté la Coupe Stanley dans le vestiaire des Flyers. Les Flyers ont gagné la partie 4 à 3. Avant le sixième match, Keenan a encore apporté la coupe dans le vestiaire, et les Flyers ont gagné une fois de plus. L'entraîneur voulait continuer ce rituel d'avant-match. Mais de retour à Edmonton pour le septième match, l'entraîneur a appris que la coupe arriverait en retard en raison d'un problème d'expédition. Edmonton a gagné le match et a remporté les séries. On a su plus tard que la Coupe Stanley était bel et bien arrivée, mais que l'entraîneur adjoint des Oilers, Sparky Kulchisky, l'avait cachée!

EN CHIFFRES

Wayne Gretzky a battu tous les records en accumulant dix mentions d'aide pendant les finales de la Coupe Stanley de 1988. Il a également compté trois buts, pour obtenir un autre record, soit 13 points. Voici un aperçu des meilleurs compteurs de buts de la LNH pendant une série de la Coupe Stanley :

Points	Joueur
13	Wayne Gretzky, Oilers d'Edmonton (3B-10A en 4 matchs et 1 match suspendu), en 1988
12	Gordie Howe, Red Wings de Detroit 5B-7A en 7 matchs, en 1955
12	Yvan Cournoyer, Canadien de Montréal 6B-6A en 6 matchs, en 1973
12	Jacques Lemaire, Canadien de Montréal 3B-9A en 6 matchs, en 1973
12	Mario Lemieux, Penguins de Pittsburgh 5B-7A en 5 matchs, en 1991

Le savais-tu?

Les cinq fois où les Oilers d'Edmonton ont gagné la Coupe Stanley, ils ont remporté le match final à domicile.

Le septième ciel

La première série quatre de sept pour les séries de la Coupe Stanley s'est jouée en 1939, et les Bruins de Boston ont vaincu les Maple Leafs de Toronto en cinq matchs. Deux ans plus tard, Boston est devenu la première équipe à réussir un balayage dans une série de ce genre, quand ils ont battu les Wings de Detroit en quatre matchs consécutifs. Et deux ans après, la victoire de Toronto sur Detroit a marqué la première fois où une série s'est rendue jusqu'au septième match.

Souriez!

Après la victoire des Oilers d'Edmonton en 1988, Wayne Gretzky a rassemblé ses coéquipiers sur la glace pour prendre une photo avec la Coupe Stanley. Depuis, chaque équipe gagnante célèbre sa victoire en prenant une photo sur la patinoire.

Wayne Gretzky dans la première photo de l'équipe remportant la Coupe Stanley

Le grand retour

Quand les Flyers de Philadelphie ont repris le dessus pour gagner contre les Bruins de Boston, alors qu'ils n'avaient gagné aucun des trois premiers matchs du deuxième tour des séries éliminatoires de 2010, ils étaient seulement la troisième équipe de l'histoire du hockey à réussir un tel retour. La deuxième équipe à l'avoir fait était les Islanders de New York, en 1975, et la première, les Maple Leafs de Toronto, qui ont réussi ce tour de force au cours des finales de la Coupe Stanley, en 1942.

Deux fois de suite

Mike Bossy était l'un des plus grands marqueurs de buts de l'histoire du hockey. Il a marqué au moins 50 buts par saison pendant 9 de ses 10 années de carrière, pour un total de 573 buts en seulement 752 matchs de la saison régulière. Il était tout aussi redoutable pendant les séries! Non seulement il a été en tête des marqueurs des séries de la LNH à trois reprises, mais il a également inscrit le but vainqueur de la Coupe Stanley en 1982 et en 1983.

Mike Bossy est l'un des deux seuls joueurs de l'histoire de la LNH à avoir marqué le but de la victoire deux années de suite. La dernière fois remonte aux années 1920, quand Jack Darragh avait marqué le but décisif et avait fait gagner la Coupe Stanley aux Sénateurs d'Ottawa de l'époque, en 1920 et 1921.

Et hop, deux de suite!

Les Flyers de Philadelphie avaient été surnommés les « Broad Street Bullies » quand ils ont remporté la Coupe Stanley en 1974 et en 1975. Ils étaient des durs à cuire et ont accumulé quantité de pénalités pour avoir intimidé leurs adversaires. L'équipe comptait également de nombreux joueurs de talent dont certains allaient faire partie du Temple de la renommée, comme Bobby Clarke, Bill Barber et le gardien Bernie Parent. Ce dernier a remporté le trophée Conn Smythe les deux années où les Flyers ont gagné la coupe, devenant le premier à être nommé joueur le plus utile des séries deux années consécutives. Le seul autre joueur à avoir remporté le trophée deux années de suite est Mario Lemieux, avec les Penguins de Pittsburgh, en 1991 et 1992.

Bébé, j'ai gagné!

En 1986, Chris Nilan, du Canadien de Montréal, a pris une photo de son bébé assis dans le bol de la Coupe Stanley. « Son petit derrière était exactement de la bonne taille », a dit le hockeyeur, reconnu pour être un dur. En 1996, Sylvain Lefebvre, défenseur de l'Avalanche du Colorado, a fait baptiser son nouveau-né dans le bol de la coupe. Quand Detroit a remporté la coupe en 2008, Kris Draper a installé dans le bol sa petite fille qui venait de naître, et les choses se sont un peu gâtées! « Elle a fait caca dans la coupe, a expliqué Draper. Mais j'ai quand même bu dedans ce soir-là, alors il ne faut pas s'en faire. » Les enfants plus âgés de Kris ont ensuite mangé des trous de beigne de Tim Hortons dans la coupe. Elle devait donc être bien propre à ce moment-là.

Un peu, beaucoup, passionnément

La plus longue période de prolongation de l'histoire de la LNH a eu lieu les 23 et 24 mars 1936. Mud Bruneteau a compté 16 minutes et 30 secondes après le début de la sixième période de prolongation, donnant ainsi la victoire de 1 à 0 aux Red Wings de Detroit contre les Maroons de Montréal, le soir du premier match des séries éliminatoires, cette année-là. La plus longue partie jamais jouée pendant les finales de la Coupe Stanley a eu lieu les 15 et 16 mai 1990. Petr Klima a compté 15 minutes et 13 secondes après le début de la troisième période de prolongation, dans une victoire de 3 à 2 pour les Oilers d'Edmonton contre Boston.

La plus courte période de prolongation de l'histoire du hockey a eu lieu le 18 mai 1986, au deuxième match des finales de la Coupe Stanley. Brian Skrudland a compté un but après seulement neuf secondes, et le Canadien de Montréal l'a remporté 3 à 2 contre Calgary.

Chris Pronger a été le premier joueur

Le savais-tu?

de l'histoire du hockey à marquer un but sur un tir de pénalité au cours des finales de la Coupe Stanley. Il jouait alors pour les Oilers d'Edmonton et il a déjoué le gardien des Hurricanes de la Caroline, Cam Ward, au cours du premier match des finales de la Coupe Stanley, le 5 juin 2006. Malheureusement pour les partisans des Oilers, les Hurricanes ont gagné par la marque de 5 à 4, ce soir-là, et ont remporté la série en sept matchs. Patrick Roy est le seul joueur à avoir

Le savais-tu?

gagné à trois reprises le trophée Conn Smythe du joueur le plus utile pendant les séries. Il l'a gagné avec Montréal en 1986 et en 1993, et avec l'Avalanche du Colorado en 2001.

Dur, dur, d'être un nouveau

Quand la LNH a doublé de taille, passant de six à douze équipes, pour la saison 1967-1968, les six nouvelles équipes ont été placées dans la même division, et les six équipes originales sont restées dans leur propre division. Afin de garder l'intérêt des partisans dans les villes où il y avait de nouvelles équipes de la LNH, les séries étaient arrangées afin qu'il y ait toujours une nouvelle équipe et une équipe originale qui s'affrontent en finale de la Coupe Stanley pendant les trois premières années. Au cours de chacune de ces trois saisons, la nouvelle équipe à se rendre en finale était les Blues de St. Louis. Par contre, une fois en finale, c'était la catastrophe! Le Canadien de Montréal a balayé les séries en quatre matchs consécutifs en 1968 et en 1969. En 1970, St. Louis a affronté Boston pour la Coupe Stanley, mais le résultat a été le même. Les Bruins ont eux aussi vaincu les Blues en quatre matchs consécutifs.

EN CHIFFRES

En 1926, les Maroons de Montréal ont gagné la Coupe Stanley après seulement deux saisons dans la LNH. Deux ans plus tard, en 1928, les Rangers de New York ont gagné la Coupe Stanley, à leur deuxième saison aussi. La LNH n'a pas ajouté de nouvelles équipes avant la saison 1967-1968. Depuis, seulement trois équipes ont gagné la Coupe Stanley avant de célébrer leur dixième anniversaire. Ce sont les équipes suivantes :

Équipe	Première saison	Première coupe
Oilers d'Edmonton	1979-1980	1983-1984
Flyers de Philadelphie	1967-1968	1973-1974
Islanders de New York	1972-1973	1979-1980

Le savais-tu?

Les Panthers de la Floride se sont rendus aux finales de la Coupe Stanley en 1996, après seulement trois saisons dans la LNH. Ils ont affronté l'Avalanche du Colorado, qui les a éliminés en quatre matchs.

Or et argent

Six joueurs de l'histoire du hockey ont gagné la Coupe Stanley et une médaille d'or olympique pendant la même saison. Le premier était Ken Morrow, en 1980, quand il a gagné l'or aux Olympiques pour les États-Unis et la Coupe Stanley pour les Islanders de New York. En 2002, Brendan Shanahan et Steve Yzerman ont gagné l'or pour le Canada et la Coupe Stanley avec Detroit. En 2010, Duncan Keith, Brent Seabrook et Jonathan Toews ont gagné l'or pour le Canada et la Coupe Stanley avec Chicago.

C'est Clancy qui l'a

Quand les Sénateurs d'Ottawa ont gagné la Coupe Stanley, en 1923, King Clancy a demandé aux dirigeants de l'équipe s'il pouvait l'apporter chez lui. Il voulait montrer la coupe à son père, qui avait lui-même été un grand athlète. Au début de la saison suivante, le président de la LNH, Frank Calder, a demandé aux Sénateurs de rendre la coupe. Or, aucun des dirigeants de l'équipe ne pouvait la trouver! Au bout d'un certain temps, Clancy a admis que la Coupe Stanley était encore chez lui, sur le manteau de sa cheminée.

Coupe de fleurs

Les Wanderers de Montréal ont gagné la Coupe Stanley en 1906, en 1907, en 1908 et en 1910, mais comme gardes de la coupe, ils ont été médiocres.

On raconte qu'en 1907, les Wanderers ont complètement oublié le trophée tant convoité. Ils l'ont laissé au studio d'un photographe après avoir fait prendre une photo d'équipe. Une femme qui travaillait là a trouvé la coupe et s'est dit qu'elle ferait un très beau vase. Elle l'a donc utilisée pour mettre des fleurs pendant plusieurs mois avant qu'une personne envoyée par les Wanderers vienne finalement la réclamer!

L'or, l'argent… autre chose avec ça?

En 2010, en plus de sa médaille d'or olympique, Jonathan Toews a été nommé meilleur joueur avant du tournoi et a participé au match des étoiles. En plus d'avoir gagné la Coupe Stanley, il a gagné le trophée Conn Smythe remis au joueur le plus utile des séries. Pas mal, comme saison!

Passez à la caisse!

Quand les Wanderers ont gagné le championnat, en 1910, ils n'ont jamais vraiment *reçu* leur trophée. À cette époque, l'équipe gagnante devait laisser un dépôt de 1 000 $ pour garantir qu'elle n'endommagerait pas la coupe. Cette année-là, les Wanderers avaient un nouveau propriétaire, qui ne connaissait pas ce règlement. Il n'a jamais donné le dépôt, alors les Wanderers sont restés sans coupe!

EN CHIFFRES

De toute l'histoire du hockey, aucune équipe n'a dû traverser 6 000 kilomètres pour la finale de la Coupe Stanley, à l'exception de Dawson City, quand elle a affronté Ottawa en 1905. Voici un aperçu des distances les plus grandes et les plus courtes entre deux équipes s'affrontant en finale de la Coupe Stanley depuis la création de la LNH, en 1918 :

PLUS GRANDES DISTANCES

Boston contre Vancouver, 2011	4 027 km
Montréal contre Los Angeles, 1993	3 973 km
Islanders de New York contre Vancouver 1982	3 937 km
Rangers de New York contre Vancouver, 1994	3 906 km
New Jersey contre Anaheim, 2003	3 906 km
Anaheim contre Ottawa, 2007	3 771 km
Montréal contre Victoria, 1925, 1926	3 731 km

Tampa Bay contre Calgary, 2004	3 687 km
Seattle contre Montréal, 1919	3 687 km
Toronto contre Vancouver 1918	3 362 km

PLUS COURTES DISTANCES

Philadelphie contre Islanders de New York, 1980	162 km
Boston contre Rangers de New York, 1929, 1972	303 km
Detroit contre Pittsburgh, 2008, 2009	331 km
Toronto contre Detroit, de nombreuses fois	333 km
Detroit contre Chicago, 1934, 1961	385 km

(Toutes les distances sont des estimations.)

Non merci

En 1950, les Red Wings de Detroit ont gagné la Coupe Stanley. Leur gardien de but, Harry Lumley, a maintenant sa place au Temple de la renommée du hockey, mais à l'époque les Red Wings croyaient qu'ils pouvaient trouver mieux. À la fin de la saison, ils ont échangé Lumley à Chicago et ont rappelé Terry Sawchuk des ligues mineures. Celui-ci est devenu un des plus grands gardiens de but de l'histoire de la LNH. Il a aidé l'équipe à gagner la Coupe Stanley en 1952, en 1954 et en 1955... mais Detroit l'a alors échangé. Il a fallu attendre 42 ans avant que les Red Wings gagnent la Coupe Stanley de nouveau, en 1997. Mike Vernon était leur gardien cette année-là. Devine quoi? Les Red Wings l'ont *aussi* échangé cet été-là!

Oh non, une crevaison!

Une des histoires les plus célèbres concernant les premières aventures de la Coupe Stanley s'est passée en 1924. Cette année-là, le Canadien de Montréal avait gagné la coupe, et le propriétaire de l'équipe, Léo Dandurand, avait invité les joueurs chez lui pour une fête privée en l'honneur de leur victoire. Une voiture pleine de joueurs se dirigeant chez Dandurand transportait la coupe, quand soudainement un de ses pneus a crevé. Les joueurs sont sortis pour réparer la crevaison et ont placé la coupe au bord de la route. Quand ils sont finalement arrivés à destination, ils se sont rendu compte qu'ils avaient oublié la Coupe Stanley! Ils sont remontés en voiture et ont rebroussé chemin. Par chance, ils ont trouvé la coupe exactement là où ils l'avaient laissée.

Porte-malheur

Les joueurs de hockey semblent avoir une foule de superstitions. Mais la Coupe Stanley a ses propres traditions et superstitions. L'une des traditions les plus évidentes pour les amateurs est celle de la barbe. De nombreux joueurs refusent de se raser pendant les séries éliminatoires. On pense que cette tradition a commencé avec les Islanders de New York, dans les années 1980. Quand la finale arrive, la patinoire est remplie de barbus!

De nos jours, de nombreux joueurs de hockey croient que toucher à la Coupe Stanley si on ne l'a pas encore gagnée porte malchance. De plus en plus de joueurs croient également que cela porte malheur de prendre dans ses mains les trophées Prince de Galles ou Clarence Campbell, qui sont remis aux champions d'association de l'Est et de l'Ouest.

Aussi superstitieux qu'il soit, c'est toujours avec joie que Wayne Gretzky a soulevé le trophée Clarence Campbell quand les Oilers d'Edmonton ont été champions de l'association de l'Ouest. « Cela me rend triste que les joueurs ne touchent plus au trophée, a dit la Merveille. Je crois que ce n'est pas bien. Ils devraient être heureux de l'avoir remporté. »

Toutefois, les superstitions entourant les trophées d'associations ne sont pas toujours fondées.

En 2008, Sidney Crosby a refusé de toucher au trophée Prince de Galles quand les Penguins ont remporté le championnat de l'association de l'Est, et son équipe a perdu la Coupe Stanley aux mains de Detroit. Un an plus tard, Crosby a soulevé le trophée Prince de Galles… et les Penguins ont gagné la coupe quand les deux équipes se sont affrontées pour une deuxième année consécutive. Par ailleurs, le capitaine de l'équipe de Detroit, Nicklas Lidstrom, a refusé de toucher au trophée Campbell ces deux années-là. Alors, qui sait? De plus, en 2010, Jonathan Toews ne s'est pas approché du trophée Campbell, alors que Mike Richards, de l'équipe de Philadelphie, a porté le trophée Prince de Galles jusqu'au vestiaire des Flyers. Qui a gagné la coupe? Chicago.

Le meilleur ami de l'homme

Clark Gillies, un joueur des Islanders de New York, a célébré la victoire de la Coupe Stanley en 1980 en se faisant prendre en photo avec le trophée et son berger allemand, Hombre. Il restait encore un peu de champagne dans le bol et Hombre s'est dépêché de le lécher. Plus tard, on a demandé à Gillies d'expliquer pourquoi il l'avait laissé faire. « Pourquoi pas? a-t-il répondu. C'est un bon chien. »

Jean-Sébastien Giguère a fait les choses quelque peu différemment quand Anaheim a gagné la Coupe Stanley, en 2007. Après avoir laissé son golden retriever, Henri, manger de la nourriture pour chien dans le bol de la coupe, Giguère a demandé à sa famille et à ses amis, en riant : « Quelqu'un veut du champagne, maintenant? »